U0131344

萬物生長

童偉格

戰爭算什麼？瘟疫又算什麼？——它們將臨的

末日清清楚楚，

它們的判決已呼之欲出……

但是誰又能保護我們免於

那名為時間的奔馳的恐懼？

——安娜・阿赫瑪托娃，〈四行詩系列〉

目錄

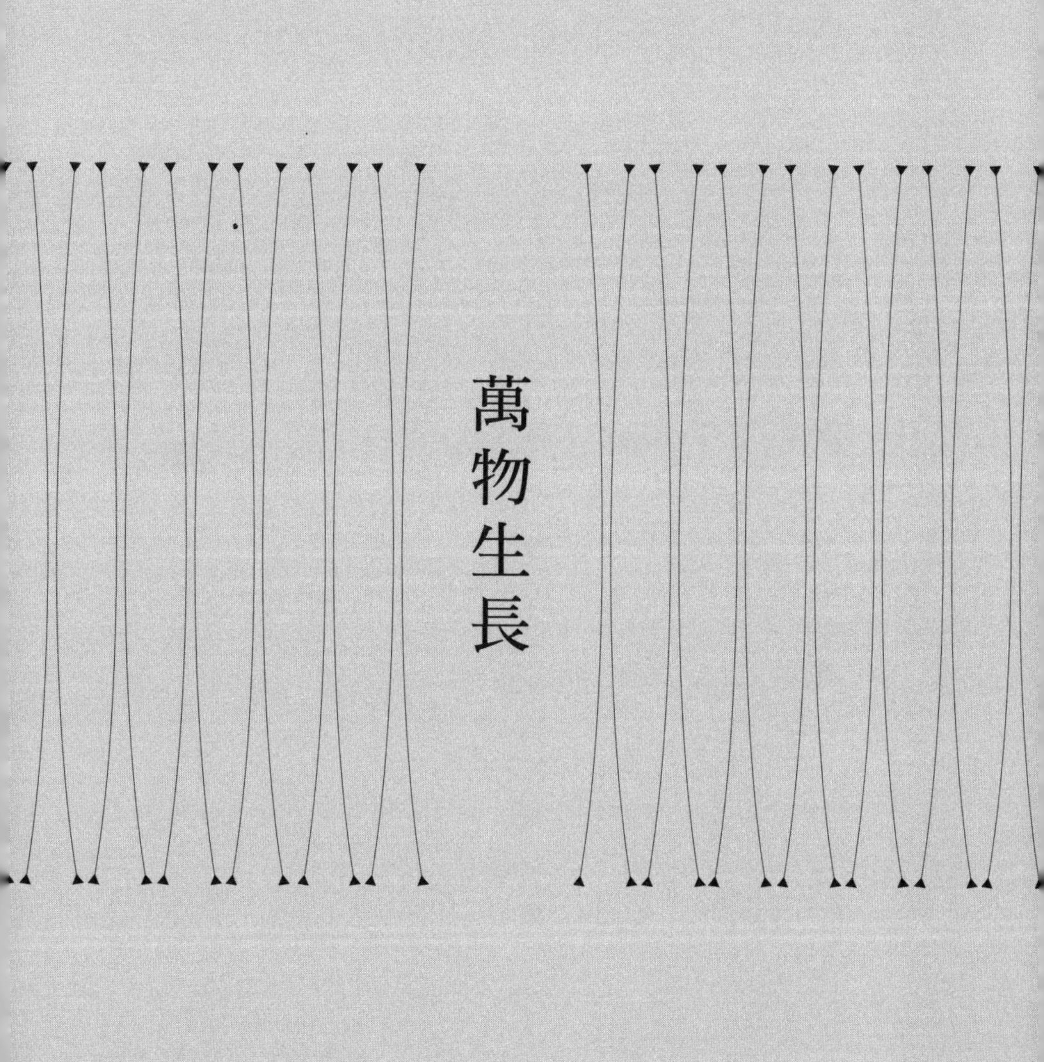

萬物生長

場景

一盞路燈。
其他可能的萬有。

角色

女兒
青年
祖母
醫生
母親
父親
舅舅

第一場

1.

（幕啟。）
（冬天傍晚，冷雨中的朦朧光度。）
（一盞路燈，尚未亮起。）
（一組桌椅，女兒與青年同坐，面向觀眾。）
（其他所有角色都在舞臺上，形同靜止的地景。）

女兒：很久很久以前，有一整個冬天，我像一隻壁虎，小心翼翼，在自己的家裡，貼著牆壁走。某一面牆上，有一張裱框的黑白肖像照。小小一格，是個男人，笑得很開朗，一副自信滿滿，就要走入未來的樣子。
從我有記憶以來，他就在那裡了。但那個冬天，我第一次覺得有必要，仔細觀察他的笑容，以便明瞭自己的將來。
今天，我召喚他。沒有想到，他真的出現了。
從海面走來，依舊如此年輕，跟照片裡一模一樣。
青年：如她所願，我無法拒絕，只好前來。
女兒：一開口，我就問了一個蠢問題。
我問：會不會很難找？這個地方。
他回答——
青年：這是什麼地方？
女兒：一間小食堂，希望是。那邊，有玻璃櫥櫃，放各種小菜，客人可以自取。這裡，是吧檯座位，方便像你這樣，獨自用餐的人。
我在書裡讀過，像這樣的地方。

青年：聽起來滿溫暖的。

女兒：我想，你會需要的。
一個位於醫院和家之間，可以喘口氣的角落。
喝杯酒？

青年：「醫院」，是怎麼回事？

女兒：喔，那是很後來的事了。
不要擔心，你還有很長的路要走。

（沉默。）

女兒：有沒有聽見一些聲音？
像永遠，被種植在我腦海裡的聲音。

（沉默。）

青年：一片寂靜。我只聽見她的聲音。

女兒：他沒有回答，也許，正在專心聆聽。
我說：你聽，他們又開始了——

2.

（路燈亮起。）
（從舞臺各處，其他所有角色緩緩動作起來。）
（在路燈下，祖母與醫生現形。）

祖母：下雨了。

沒聽見雨聲，但是我知道——今天一整天，雨在牆壁裡靜靜流，我伸手，就能摸見。冬天，山區總是多雨。我披上雨衣，準備出門。二十二年來，每天傍晚，我走出房間，走出養老院的圍牆，走去路燈下抽菸。

今年，我八十九歲了，身體告訴我，這是最後的冬天。

我走到路燈下，看見荒地上，醫生還躺在那裡。

醫生：又下雨了。雨細細緩緩，落在荒地上，有些雜草復活，有些從此就死去。但也無所謂了。在牢裡，不知待了多久，折磨我的時間，現在使我自由。

今天午睡時，想起一件快樂的事。想起父親，將他的醫藥箱，交給我背著。那是人生第一次，出門看診時，他讓我跟隨，一步一步，走在故鄉裡。

我太高興了。藥箱貼在腰際，每走一步，裡頭器具叮噹碰撞，發出悅耳的聲響。神采奕奕我走著，看被戰火焚盡的家園，像看一座巨大的病院。

我知道今天，父親將會教導我，怎樣親手，修好人的傷殘和病苦。

（沉默。）

祖母：醫生又作夢了。

又一次，在夢裡振作，以為自己還是孩童。以為自己，還在戰爭剛結束時，而不是，又在下一場戰爭裡。

其實，醫生的父親不是醫生，而是農人。醫生會成為醫生，只因在那個年代，幾乎沒有選擇——聰明男孩，大多念醫學校，總是他們家族裡，第一位西醫。

我想起自己的女兒，她出生時，又一場戰爭剛結束。為了能早點自立，她放棄讀大學，選了護校。那是她今生，最大的遺憾。這麼多年，她定期上山來看我，很盡職。二十二年，夠一個人，長到大學能畢業的年紀了。上個禮拜，想起這件事，我說：來養老院看我的時間，妳都能拿到大學文憑了。我把她氣哭了。
我其實，只是想跟她說聲：對不起。

（沉默。）

3.

（在舞臺兩處，母親與父親各自現形。）

母親：今年，我從醫院退休了，剛好，就是父親死去的年紀。也正好，得處理母親的要求。我不明白，他們想透過這個巧合，告訴我什麼。
下雨的午後，城市變得莫名安靜。從咖啡館櫥窗望去，那個陌生人，不知為何冒雨走動，第五次，經過我的眼前。我等候著。最近也許，很多人死去。也許這個冬季，每天，都有不少人死去——我打了很多電話，才在市郊的火葬場，搶到幾天以後，某個焚屍爐裡，一把大火。
我在等我丈夫出現，想親口，告知他這個好消息。我的丈夫，是我見過脾氣最好的人。每次，將要吵架時，他就會自動，從我眼前消失一陣子。像他熟門熟路，認得世上所有的防空洞。
我總是想像：有一天，我也要離開他。
不留一句解釋，永遠不回來。

（沉默。）

父親：這是一個潔淨的年代。機場吸菸室，如今，都隱藏在最偏遠的角落裡。我穿過明亮甬道、各種免稅店，好不容易找到一個——窄窄小小的，推門，像走進毒氣間。

我不抽菸，只是想揣摩，如果今天，我的岳母願意自己前來的話，此刻，她會怎樣待在裡頭，讓等候的時間，在她手裡燃燒。

有時候我上山，去養老院，只是為了帶一條菸去給她。我最期待看見傍晚，她走出房門，走到馬路邊，盡情抽菸。那是她的放封時間。那時候，養老院裡，職員工們也都下班了。我就在另一邊、候車亭裡躲著，看他們閒聊，聊得滿好的樣子。

我就想著一生裡，她少數會自豪的一件事——她總是說，在各種人裡頭，她和「勞動者」，相處得最融洽。

我願意相信，那就是一直以來，她更喜愛的自己。

（沉默。）

母親：養老院裡，這個房間，多年以來都沒有變化。

「字有部首可分／試向各部找尋／字若難辨部首／可查檢字索引」。像一首親切的詩，對不對？她的房間裡，五斗櫃上，躺著一部《辭海》，破破爛爛，封面都掉了。我每次經過，都會看一眼第一頁。

我從來不敢把書拿起來。我怕一拿起，所有的辭句都粉碎，什麼，都找不到了。就像她的消失的生命。

（沉默。）

4.

（在舞臺某處，舅舅現形。）

舅舅：中風以後，我的父親講話不清楚，卻開始跟我說往事。故事裡，我的母親和我，是他想刪除的多餘枝節。我同情他，不是因為病倒以後，他整天掉眼淚，而是因為歷史不記得他了，他自己，卻有那麼多回憶想收拾。

但今天，我有一點佩服父親了。人生第一次，我來到自己國家的機場，卻像個外國人。出門前，父親要我有禮貌，好像我知道，怎麼對陌生人施暴。我們沒有這種能力。我的父親，和我，一個非法移民，和他的土生兒子，住在半地下室裡，像兩隻老鼠，任何陌生動靜，都讓我們更謙卑。我們只對彼此發脾氣。今天出門前，父親要我有禮貌，好像我沒有發現，這件事本身的粗暴——長到四十歲，我的姊姊，才要第一次，見到自己的父親。

（沉默。母親離場。）

5.

父親：飛機平安降落了。

飛機停妥以後，眾人站起來，尋找行李。我的妻子留在座位上，縱容自己再哭一會。好像她決心，哭過之後，從此，就要面無表情。我等著。看窗外的雨，我想起幼稚園時，女兒畫圖，將雨畫成漫畫裡，眼淚的形狀。我糾正說：雨滴，應該長得像饅頭。從天而降，水分子奮力挪動，用最大的受力平面，去抵消空氣阻力，如此，雨才會順利落下。

妻子在一旁看著，笑著，說：如果要這麼逼真，我們什麼也畫不成。我們總是能逗彼此笑。特別，是當無意如此的時候。

（沉默。）

女兒：小學畢業典禮，我的父母一直哭，讓我很尷尬。

那年的年底，一切反常，我的父母一起出國去了，留我一個人在家，和我的祖母獨處。平常，母親在家時，祖母話很多，也會撒嬌，耍賴，或是跟我鬥嘴。我總覺得，我們好像一對姊妹，而祖母，是姊妹裡頭，比較受寵愛的那個。但那個冬天，祖母很專心照顧我，好像變成我的母親了。我有點害怕，疑心自己的父母，打算從此不回來了。

家裡變得窗明几淨，像旅館。整個冬天，我貼著牆壁走，深怕自己，會碰壞了什麼。我站在他的笑容底下。聽說照片裡的這個人，就是這樣消失的——很久很久以前，當祖母還只是母親，很專注，在照顧自己女兒的時候。

消失的他，被永遠封印在牆上，相框裡，像一幅格外逼真的炭筆畫。我有點害怕。我疑心父母的旅行箱裡，也藏有一幅畫，永遠封印了我。

（沉默。父親離場。）

舅舅：傍晚，我等我的父親，來工地換班，換我前去病房，照顧我的母親。父親到了，一身酒味，像是又在食堂裡喝多了。父親說，早上，我的母親，在病房斷氣了。他料理完火化等事項了，所以，今天，我直接回家就可以了。聽完我呆掉了。

我揍了父親一頓，趕回家，就看見飯桌上，一個骨灰盒。我找出酒，陪我的母親說話。我說，守靈夜，只剩下我陪妳了。夜以繼日，城市趕著蓋大樓，父親在工地裡輪班。他以為火化妳，也是一項緊急工程。他這樣對待妳，像妳本來，就是一個小木盒裡的，一點灰塵。

這是妳的預期嗎？很久以後，妳累了，病重，然後死去了。在最近的兩個傍晚之間，也有人親切接濟妳，導引妳，沉入深海一般的睡眠嗎？

（沉默。光度由傍晚，轉為夜暗。）

6.

青年：我的嚮導，年紀稍長於我。

除了她的聲音，我只聽見一片寂靜。

她說，她規畫了一間小食堂給我，裡頭，保留了未來的食物，酒飲，與家常的安歇。我意識到，所謂我的「未來」，對她而言，是早已過去的時間。我恍然明白，她想指給我看的人，都漂散，在早已逝去的未來裡。在時間的孤島上，我，正是唯一的異鄉人。

一杯酒，來到我的手中，我看著。我抬頭，透過櫥窗，盡力想望清楚遠方。我只看見窗上，有一個年輕人，滿是雨水的臉孔。

是個陌生人，卻也像是我自己的倒影。在他的身後，朦朧的雨，阻絕了一切。

（沉默。舅舅離場。）

青年：我的嚮導告知我，現在，我應當聽見另一個聲音。一個無比蒼老的聲音，會在我的耳邊說：下雨了——

祖母：又下雨了。

我看見我的醫生，還躺在荒蕪裡，又作起了同一個夢。夢的盡頭，那個孩童，總是遇見同一隻猴子。總在孩子抬起頭，想看清楚父親的臉容時，夢就會中斷。從前，當我年輕，在牢裡遇見醫生時，這個故事，我聽他說過好多回了。

從前從前，我就預感，這是此生，我最後的冬天了。我只是難以想像，終局，仍然顯得這麼猝不及防。下雨了，一顆雨珠，凝結在上方，路燈的燈罩上，在今夜，最盛大的光亮裡。偶然，我抬頭，雨滴正好滴落，牽引那片光亮，擊穿我的眼膜。我仰躺，開始墜落。在一瞬間，海就包圍了我。

我不明白，自己何以如此奢侈——好像，全世界的海一起湧現，只為了將我，單獨地溺死。

（沉默。）

女兒：那天夜裡，第一位尋獲我祖母的人，對我們證實——她獨自一人，仰躺在養老院外，路燈下，手指夾著香菸，臉上，掛著幸福的笑容。好像所謂的「未來」，現在，終於姍姍到來了。

我想起一些年來，有時，我也會去探望她。傍晚，下山的路上，風總是冰冷，像從隔世颳來的一樣。公車，像忘川之上的渡船。
我知道，那一路上，整座荒山裡，有寺廟，也有教堂。各種場所，給相信各種來世的人。
那時，坐在昏暗的公車裡，我就想著：對沒有任何宗教信仰的我祖母而言，養老院，就是她給自己的修道院。

（沉默。祖母離場。）

7.

青年：沒聽見雨聲——這個聲音，應當無比蒼老，在我耳邊這麼說。
許多人，應當，還被囚禁在細雨砌成的牢房裡。我的嚮導說。
我不解，開口問她：現在，像我們這樣見面，這就是妳所需要的聆聽嗎？關於多年以來，妳一直在想辦法說，卻沒有辦法說的故事？

（沉默。）

女兒：關於多年以來，我一直想說的一個故事。這個故事裡，所有人都想說話，但我卻沒有語言，去表達他們的在場。
青年：原來如此。
我說——無所謂了，妳就開始，輕鬆地說吧。反正，這是一個關於「死亡」的故事，而我們也不是真的。我們，主要來自妳的幻想。而妳，也只在牆上，一張照片裡見過我。
看著舊照片，知道照片之外，我的終局，妳必定，是像全知的神靈那般看著我吧。

（沉默。）

女兒：我十分訝異，他會這麼想。
我想說——不，你弄錯了。完全弄反了。
事實上，在這個故事裡，只有你是真的。
因為只有你，才是我的祖母，一生摯愛的神靈。

（沉默。）
（夜暗中，光度漸漸由冬雨轉為晴夏。）
（桌椅撤去，女兒與青年離場。舞臺上獨留醫生。）

第二場

8.

（晴朗夏夜的光度，浸潤整個舞臺。）

醫生：在牢裡的第一百六十三天。夜裡，雨停了。

我拿出日記本，寫今天的日記。

今天，我想起戰爭剛結束時，鄉親們返回故里。空氣被火給燒乾淨了，吸進肺裡，使人感覺陶陶然。我們重回穴居時代——就在防空洞，或原來家屋的地基上，我們撿舊鐵皮，廢木料，搭起了臨時的房舍。我們徒手抓泥鰍、撿蛤蜊，去山上，採集任何可食的植物。我們用碎碗片，耕種番薯藤。

父親的藥箱裡，沒有什麼良藥。玻璃藥罐裡，一半藥劑，兌了一半的蒸餾水。破衣撕成布條，當作繃帶用。同一支手術刀，切除各種腐壞。

眼前，山路蜿蜒，穿過日漸擴大的亂葬崗。跟隨父親，我走著。垂首低眉，腳踏泥濘，我猜想，這就是一名鄉村醫師，一輩子重複的道路。

（沉默。）

9.

（祖母重新走入。）

祖母：今天，我想記憶從前，那個青春的自己。年方十六七歲，不理解任何人，卻喜愛所有人。敢陳述一個人人幸福的理想未來，不怕遭到訕笑。敢和任何陌生人辯論，理想的幸福，應該是什麼。

不知道是第幾次，我被抓回了牢房裡。過道上，柵欄裡，我看見我的醫生，還躺在那裡。

醫生：我感覺，身體正在遺棄我。無數次，興起即刻就會獲釋的希望，無數次又失望了。我猜想，人們早就遺忘我了。

我也想不去期盼了。

祖母：醫生睡著了。

會不會，又夢到同一隻猴子呢？

不久，又一次，醫生將會醒來，察覺四周沒有鄉親，沒有父親，也沒有猴子了。沒有更遠的先祖，或更近的同伴了。

身體就困在原地，是精神離開了你。

醫生，你孤單一人，沒有念想。

（沉默。）

醫生：醒時靜坐，我在日記本裡，寫下此生自述。我檢點一生原委，種種細故。曾經說錯的話，做不對的事。我以為，我該當有罪，也罪有應得，所以如今，坐困在這方寸之地。我有罪，因為坐困此地，使我的人生失敗，也負累了親友。

猜想，上方就是要我多反省，想明白自己的罪責，因此，才長久不再來提審我，責問我。這麼一想，我的心境坦然了。

（沉默。）

祖母：這是夢話。
醫生：反覆、再三地思量，猶不明白一個月前，唯一一次提審時，自己，可能說錯了什麼。

（沉默。）

祖母：如果，醫生你本來就沒有過錯呢？

（沉默。）

醫生：想不明白。
祖母：為人爭自由，有什麼過錯？

（沉默。）

醫生：想不明白。
祖母：醫生，醒來。醒過來——
醫生：上方總不再提審我，讓我有機會自新。月餘以來，我卻見到這名女學生，被提了數次。這讓我擔憂，卻也欣羨。
這女學生的心性，特別剛烈，凡事都要論理到底，要和人爭執，在牢裡，時刻都不安寧。我猜想，如果一點委屈都受不得，在這是非之地，恐怕，只會招徠更大的委屈。
年長如我，見她這樣，特別心驚膽跳。

（沉默。）

祖母：醫生還有餘裕，擔憂我呢！

醫生：我想，若又得空隙，能再與她長談，我要代替上方，好好勸解她一番。

（沉默。）

10.

祖母：醫生醒不過來了。

聽我說，醫生。在牢裡，你數到第幾天了？

醫生：第一百六十三天。

不，從剛剛過去的那刻算起，是第一百六十四天了。

祖母：有沒有聽到，蛙與昆蟲鳴唱的聲音？

醫生：有。在牢房高窗外，荒草地上，夏蟲們正唱得響亮！

祖母：只有那是真的——此時此刻，在所有的牢房外，牠們都這般歡唱著。這就是我喜愛的清醒。我喜愛的「現在」。我討厭作夢，因為在夢裡頭，弄不清楚未來與過去，讓時間的苦刑，更加痛苦了。

這就是很久以後，我會更加想念的那個自己。「現在」，我感覺一生清晰，敢走在父執輩前頭，為他們披荊斬棘。不擔憂他們對我，務實的擔憂。敢承擔任何，人們要我承擔的刑罰。

（沉默。）

醫生：得勸解她。得勸解她。

（沉默。）

祖母：不要擔憂我。因為我，只有青春的生命。褫奪生命，只會讓我的青春，成為永恆。所以，他們褫奪不了我什麼的。
所以不要擔憂。醫生，醒過來，現在，從第一百六十四天開始，再專心往下數。來──

醫生：第一百六十四天──

祖母：第一百六十五天。

醫生：第一百六十六天──

（沉默。桌椅移入，女兒面向觀眾而坐。）

醫生：第一百七十七天──

（一艘小船，緩緩航入舞臺中央。母親坐在船上。）

醫生：第兩百八十五天──

（祖母離開醫生，向母親走去。）

醫生：第兩百九十二天──

祖母：來，我會為你們守夜。
就像你們是亡魂。

醫生：第三百六十五天。
整整一年。

（沉默。）

第三場

11.

（祖母坐船沿。母親身披床單，側躺，頭偎靠在祖母腿上，彷彿深眠。）

（蛙與蟲鳴的聲音，現在才響起。）

女兒：夏天的野蟲，每夜唱響。

很久很久以前，在我的祖父失蹤，大約五年後——

祖母：（拍打母親的臉）喂，醒來。快點，醒過來。

女兒：某一天，深夜裡，第一次，我的祖母叫醒了我母親。

母親：（蒙著床單，坐起身）我醒過來。

當時，我只有五歲。但是，從她的表情，我馬上就知道了——

祖母：你的父親走了。

女兒：「你的父親走了。」

祖母，是想告知我的母親：就在今晚，在剛剛過去的那一刻裡，那個一直杳無音訊的人，我的祖父，終於，在她心裡，正式死滅了。

母親：「你的父親走了。」我的母親說。

我聽見，馬上就相信了。我卻沒有任何感覺。對自己的父親，我沒有一點記憶。我從來沒有見過他，不知道自己，該有什麼感覺。

祖母：妳怎麼不哭？

可憐，都不知道要難過嗎？

（沉默。）

母親：她盯著我看，眼淚掉了下來。她止不住自己的淚水。我只是個小孩子。我不知道該怎麼辦。但我接受她的暗示——我放聲，大哭了起來。

女兒：她卻立刻伸手，摀住我母親的臉孔，阻止她哭喊。

她是想提醒她說，這依然，是一個多麼安靜的夜晚啊，就像目前，妳的生命裡，每個夜晚那樣。宵禁的夜晚，總是這麼地安靜。

母親：對呀，夜這麼安靜。我都聽見自己，心臟怦怦跳的聲音了。

我馬上就知道了——我的父親死了，這件事是祕密，我們自己明白就好。

祖母：她懂得節制自己的悲傷了。多麼乖巧啊！這個孩子。

女兒：只是，小女孩開始懷疑了——到底，父親的死訊，母親自己，是相信，還是不相信呢？

（沉默。）

12.

祖母：起來，穿好衣服，我們走。

女兒：小女孩猜想，母親是要帶她出門，走到海岸邊。

母親：她牽起我的手。

我像是被夢遊的人牽著，走出我舅舅家的大門。

我也像在夢遊。

女兒：她們，離開我祖母的娘家——

從前從前，當我的祖父不告而別之後，我的祖母，就由弟弟收留，客居，在自己的家鄉裡。

祖母：家鄉的巷弄，錯綜複雜，但無論如何，都通往海岸邊。

母親：人們，也都從那裡離鄉。

祖母：家鄉靠海，也讓遠方的海依靠。

母親：海浪像裙襬，摺在每個人，溼漉漉的腳脛旁。

女兒：曲曲折折，她們走著。多年以後，小女孩以為自己，遠遠地，就能聞見海水的氣味。從離家的那一刻起，雙腳，就浸潤在溼黏的海沙裡。

母親：我願意這麼記得。在夜暗裡，夢遊者牽引夢遊者。

女兒：更像是盲人，嚮導著盲人。小女孩以為自己，走了不近的路程，就要抵達海岸邊。

祖母：但是，那盞燈——

母親：那盞路燈亮著。

夜暗中，那盞路燈總是發亮，像哨兵的眼睛，照亮舅舅家的大門。

女兒：那盞路燈，照亮她們腳下。小女孩發覺，複雜錯綜的巷弄，竟然，將她們領回了原處。海，還在同樣遙遠的地方。

（沉默。）

13.

祖母：起來，我們走——

母親：我們再次出發。

女兒：她們出發，又走了很遠的路程。家鄉的巷弄，錯綜複雜。但無論如何，只要朝著太陽和月亮落下的方向走，家鄉巷弄，最後都抵達大海。

母親：黃昏黎明，黎明黃昏，最後，都盡赴大海裡。但當夜暗，當哨兵的眼睛，蟄伏在巷弄，交織成光網時，走在裡頭，我們突然，無法分辨出方向。

祖母：一個光線織成的網羅，它們在看。

母親：眼睛在看。眼睛把一角荒地，看成了永晝。眼睛徹夜不眠，照看荒草地。

女兒：眼睛，把某個人的家屋，看成了廢墟。雜草，披著光的甲冑，爬上了屋頂。

祖母：一棵樹——

母親：那裡，有一棵樹，站在頹圮的家屋旁。我的母親說，那應該是一棵蘋果樹。

女兒：一棵沒有結果的蘋果樹。看起來，就像任何樹。這棵樹稍稍傾身，靠向光照，像仍在抵擋著注視。在樹的左近——

母親：某家人離開了。

祖母：永遠離開了。眼睛，也洞穿了他們。

母親：那是誰的家？

（沉默。）

14.

女兒：小女孩感覺，母親放開她的手。母親拿出火柴，點燃一根菸。

母親：我蹲在荒地邊，看著她溼漉漉的神情——

祖母：站在廢墟旁，我看夜風如潮浪，襲捲不知為何，猶然生長的草木。

女兒：夜風習習，復活一個更荒遠的世界。

母親：蹲在荒地邊，看著我的母親，我感覺更久以前，我的家鄉之人，都很習慣在夜裡，這般低抑地哀悼了。所以，當她說——

祖母：從前的夜暗，是更本真的黑暗，沒有那麼多，清楚能見的街巷。

母親：我馬上就相信了。

女兒：從前的夜暗更本真，人人，看不見彼此的臉容，但在靜夜，他們卻都離開家門，在路上行走。

祖母：他們有默契。

孩童年代，我曾經親眼見證過——

母親：上一個禁抑與肅殺的年代，我們的鄉親，抬起他們深願記憶的神靈，一同，在巨大的緘默裡夜遊。

祖母：那是記憶的夜巡。

兒時的我，親眼見證過。

女兒：那只是凡人的禁語。

（沉默。）

母親：但是，那樣的夜，卻更本真。我願意相信，就是在像那般，人人無視彼此的夜裡，我的父親，才得以搭上一艘偷渡船，逃離一個燈火通明的牢籠。

女兒：我們的島嶼。

小女孩也相信，徹底緘默，正是自己父親，還活著的證明。

母親：但是，但是，蹲在荒地邊，她又用那樣的神情，問我——

祖母：今夜我們出門，是為了做什麼？

母親：是為了走到海岸邊，悼念那位，妳一心記掛的死者。

我以為五歲的我，確切這麼回答了。

（沉默。）

15.

祖母：喔。對了，想起來了。對了。

母親：「起來，我們走——」

我就當她，已經又這麼跟我說過了。

我站起，牽好她的手，再一次，我們出發。

女兒：她們出發。為了不再迷途，小女孩想——

母親：我們應當設法，打壞走過街巷裡，所有的路燈。

祖母：應當弄瞎，所有哨兵的眼睛。

女兒：應當讓流過的眼淚，燒灼出一線黑暗，一條永不重複的道路。

這樣，她們，才能抵達那片幽靜的海。

母親：背過一線黑暗，向著街巷的盡頭走。

祖母：越過街巷盡頭，走入防風林。

女兒：燒掉沿海一線，防風林裡的崗哨，讓林中的棲鳥，能真正安睡。

母親：燒掉整個海岸線上，所有侵擾棲鳥的探照燈。

祖母：這樣，我們才能找到真正幽靜的大海。

女兒：這樣，她們才能正確地訣別他。

母親：這樣，我們也才得以安眠。

這真是一個好主意！

（沉默。）

16.

祖母：但是，那盞路燈——

母親：背過一線黑暗，我們抬頭，看見那盞路燈，依舊照亮舅舅家的大門。

我們，又回到了原處。又得在光照裡，重新出發。

（沉默。）

祖母：那盞路燈。

女兒：她們不能毀壞它。

母親：我看見不知何時，燈桿上，又掛了一只布袋。

女兒：那些年裡，總有人趁著夜暗，將食糧與衣物，裝在布袋裡，垂掛在路燈的燈桿上。為了贈與給她們。

母親：為了贈與我們，而不被別人給察覺。

祖母：為了一再地贈與，因此，絕不能被人察覺。

母親：像還有人，仍然沉默地記掛著，那個一直杳無音訊的人。

女兒：像畢竟，往昔年歲值得記存心中。

祖母：對了，想起來了。

（沉默。）

母親：我看著她，去取下那個布袋。哨兵的眼睛，照亮她的笑容。

女兒：牽起小女孩的手，她推開大門，帶她，退回那個房間。

母親：我們出發的房間。

我看見，她將布袋裡的東西，在床頭擺開。

祖母：一點糕餅，一套衣服，一個玩具。妳看，有人希望妳快樂！
也許，就是他。
希望正是他。

女兒：小女孩坐在床沿歇腿。走了整夜，她還是疑惑——到底，自己父親的死，成真了嗎？

祖母：一定就是他。

（沉默。）

17.

母親：我聽見了。

（沉默。）

女兒：現在，小女孩累了，想從此就睡倒，別再醒來了。

母親：然而記憶裡，我們確實抵達過海岸邊。

祖母：天將亮了——

母親：有一次，我以為也曾經，永遠地訣別了他。
在海岸邊，我緊緊拉住母親，不讓她跑遠。
我對父親說——這次，就請你正確地死去吧。
你死後萬物生長，一切如新也如故。

（沉默。）

18.

女兒：現在，小女孩只想安心睡去。

母親：但窗外，天卻濛濛亮起了。

祖母：天將亮了。最後的月光，指引海岸的所在。

母親：（將頭偎靠在祖母腿上）我想就這樣，安睡到下一個夜暗，直到——

祖母：（拍打母親的臉）喂，醒來。
快點，醒過來。

母親：我醒過來。

祖母：你的父親死了。

母親：我聽說了。
（看看祖母，擁抱她）五歲，六歲，七歲，八歲，更長的年歲。
我習慣了這樣的母親。

（沉默。）

19.

祖母：有人希望妳快樂——

母親：另一次，提著布袋，我們走到海岸邊，像要去野餐。
玩具，糕餅，衣服。我看著她翻揀，很開心的樣子。
我發覺原來，最簡單的東西，最能安慰她。

女兒：譬如一封信。

母親：一封信，這是個好主意！
只要一封信就好。

女兒：隻字片語，可以是最膚淺的欺瞞。

母親：一些寫給她的，甜蜜的廢話。

祖母：只要這樣就好——

女兒：說義勇軍敗退之際，你奮戰了，也成功轉進了。說你們在祕密基地，還維持革命的作息，也能望見無垠的大海。

母親：說理想猶在你心中，永不死滅。說你要我們，也一生保持信念，過正直與勤勉的生活，並平和地奮戰。

祖母：說你就是海。潮浪的暗湧，都是你無言的叮囑。

女兒：那只是神靈的喧譁。

母親：但是，但是，只要隻字片語，就能將那麼廣闊的大海，全都指向你。

祖母：只要這樣就好。

（沉默。祖母坐回船沿，小船緩緩航離。）

母親：但是，一片寂靜，一句說明也沒有。

（沉默。蛙與蟲鳴的聲響結束。）

20.

女兒：現在，小女孩只想更快長大。

醫生：第兩百八十五天。

女兒：漸漸地，她們好像倒反過來：母親成為小女孩，小女孩成了母親。

醫生：第一百六十四天。

女兒：懷著遺憾，我的母親順利長大了。

母親：我沒有遺憾！

（沉默。夜暗中，光度漸漸由晴夏轉回雨冬。）

女兒：直到有一天——

醫生：第四十二天。

母親：第四十年！

失蹤整整四十年以後，某一天，一封信寄來了。

是我父親的親筆信。用我不理解的語言，他證實了多年以來，原來，他一向平安，活過了在我的生命裡，令我困惑的每次夜暗。

女兒：用我祖母最理解的那種語言，我的祖父問她們，現在，可否前去探望他。

母親：我聽見了。

我不知道該怎麼辦。

我懷疑自己，還只是個五歲小孩。

（沉默。）

醫生：第三十天。

整整一個月。

（沉默。桌椅撤去，女兒離場。）

第四場

21.

（冬天雨夜的光度，重新浸潤舞臺。）

醫生：「觀自在菩薩／行深般若波羅蜜多時／照見五蘊皆空／度一切苦厄
是諸法空相／不生不滅／不垢不淨／不增不減
無無明／亦無無明盡／乃至無老死／亦無老死盡」

母親：「揭諦揭諦／波羅揭諦／波羅僧揭諦／菩提薩婆訶」
結束。

（沉默。）

母親：在牢裡寫日記，醫生說，每晚睡前，他會誦讀《心經》字句。
直到字句，都融進他的腦中，我猜想，他變成一位慈祥的長者。
是在那時，我的母親遇見了他。
很多年來，追查往事的紀錄，我的半生，也形同一場聲音的葬禮。

醫生：「觀自在菩薩／行深般若波羅蜜多時／照見五蘊皆空／度一切苦厄
色即是空／空即是色／受想行識／亦復如是
是故空中無色／無受想行識／無眼耳鼻舌身意／無色聲香味觸法」

母親：「揭諦揭諦／波羅揭諦／波羅僧揭諦／菩提薩婆訶」

結束。

（沉默。）

22.

母親：在午後的咖啡館裡，我搶到一把大火，幾天以後，就將順利焚化我的母親。除了要求這把火，她還要求，要用汪洋大海，來溶解火的餘燼。

不知道為何，我總是滿足她的要求。我卻不知道母親，有沒有察覺這個矛盾——我必須永遠記得，她要求享有的，正是不被記憶的自由。

在莫名安靜的，下雨的午後，一些聲音，還在我的耳裡，徘徊不去——

醫生：「觀自在菩薩／行深般若波羅蜜多時／照見五蘊皆空／度一切苦厄

心無罣礙／無罣礙故／無有恐怖／遠離顛倒夢想

是大明咒／是無上咒／是無等等咒／能除一切苦」

母親：「揭諦揭諦／波羅揭諦／波羅僧揭諦／菩提薩婆訶」

結束。再次結束。

（沉默。）

23.

母親：在醫院，休息室的牆上，也有一個念經機，占用了兩個插座孔。

那是一個塑膠盒，整天不停念經，念得我五蘊皆空。我想砸爛它，但是我不敢。大學姊愛聽。

十六七歲時，我到醫院實習。第一次進開刀房，我看醫師，拿著止血鉗，搜尋病人的頸動脈。動脈斷了，一端像小蛇，簌簌鑽回病人的身體裡。血不斷噴，我的視線所及，都是血。「紗布！按住！快！」醫師吼叫。我看醫師的整隻手，都挖進病人的胸腔裡頭了。旁邊，我的同學暈倒了。「逮到你了！」醫師手一按，止血鉗夾住斷口。醫師一夾，血噴泉終於停了。我真是額手稱慶。突然，那人身體一挺，十根腳趾頭全張開了。像開花。

之後好幾天，我的雙眼還是血紅。休息室裡，大學姊稱讚我鎮定，有當護士的天分。我想趁機說：請獎勵我，為我拔掉，插在我頭上的念經機吧。但是我不敢。

我膽小如鼠。

（沉默。）

醫生：讀《心經》終於入眼。讀《原子科學導論》，也終有所獲。

在牢裡，隨身只帶這兩本薄書。字字句句，我頗珍惜，反覆咀嚼，彷彿嚼出了真諦。

（沉默。）

24.

母親：十六七歲時，醫院放假，我返回我舅舅的家，探視我的母親。

一些靜夜，我躲在大門後面，透過門縫，和哨兵的眼睛對望。
一些黎明，我只看見我的舅舅，值完了夜班，返回，一身疲憊。
舅舅看我兩眼血紅，很同情我。舅舅領我出門，去早市，喝魚粥。
天亮以後，萬物甦醒，早市裡，人人奔忙，沒有傷懷的餘裕。
我走在舅舅的身後，猜想當時，和我同等歲數時，我的母親，也曾經和我舅舅，走在這般溼滑的石板路上，看見過家鄉這般，好似大鯨魚體腔的天空。
也許，就是在這樣的天空底，我的母親，走入了大牢。

醫生：第三十一天，我振作起來，彷彿重生為人。
牢房的柵欄，投影在地面，造出光的矩陣，使我學會，寸量一天的時辰。

母親：在牢裡，我的母親也許，反覆聽過醫生的自剖了。
醫生總是說——

醫生：當時間像磚頭，可以數算，也會挪動，這使我心安。

母親：日記說，是在第三十一天，醫生醒來，神清氣爽。過去一夜，他竟然完全不曾驚醒，睡得甚好，無比感動！下痢的症狀，消失了。莫名的心悸，沒有了。連滿牢房的蚊子和臭蟲，也好像在鎮月的嚴寒裡，盡數死滅，不再煩擾他了。
今天，醫生以為，自己僅有的兩本薄書，和讀過的所有書，其實，都是同一部書。

醫生：今天我相信，方寸之地，即是大千宇宙。
我感覺自己準備好，要常住此間了！

（沉默。）

25.

母親：天亮以後，萬物甦醒，走在舅舅身後，我看見天空，好似魚的體腔。

我知道，我的舅舅心有負疚。舅舅最懊悔的，就是讓大學裡，自己最要好的朋友，認識了我母親。因此這個世界上，才有了我。

舅舅的警衛服破舊。舅舅自己，也沒能讀完大學。舅舅困守家鄉，為糧食行看守倉庫。看守糧倉的舅舅，下班後，帶我去喝魚粥。

糧倉裡的老鼠啊，請羨慕我。

醫生：一個假警察，一個女孩。

今天在牢裡，我還遇見：一個小販，一個剃頭匠——

母親：天亮以後，早市裡，人人奔忙。他們都不知道：只敢在鞋子裡，我試著，讓自己的腳趾頭也開花。

我猜想，這就是劇痛的表情。

醫生：一個剃頭匠！

下午，有一個剃頭匠進來牢房，給囚犯們剃頭。我招手，要他來看我的頭。我問：我該不該剃？他說：出去再剃就好。我說：出去再剃，你確定？

他聳聳肩，給我一個意味深遠的表情。

我相信，他是在暗示我——馬上，我就會獲釋了。

我太高興了。我把雜物歸攏好，將四周清理乾淨，換上整潔的衣物，自坐牢房裡，等候上方傳喚我。

（沉默。舅舅走入。）

26.

母親：我母親也許，早已聽說過這樣的等待了——

第三十一天下午，一個剃頭匠，走進光的矩陣裡，讓醫生，渴望起家鄉的天空。

醫生：我等到天黑，第三十一天結束。

天黑，沒有柵欄的投影，時間，也像又被沒收了。

母親：天又亮了，第三十二天到來。

醫生：我等到第四十二天，還是沒有釋放我的消息。

母親：醫生也許，早已告知過我母親，時間的真諦是什麼了——

總是，我們等到大千宇宙，死在我們抽長的髮絲上。

（沉默。父親走入。）

醫生：「觀自在菩薩／觀自在菩薩／觀自在菩薩／觀自在菩薩」！

（沉默。）

第五場

27.

（桌椅移入，女兒面向觀眾而坐。）

女兒：地面以上，冷雨日日澆灌。
我的舅舅，那年三十五歲。在飯桌旁，他看對面，他的父親，正用顫抖的手，寫一封信。

舅舅：這是一張飯桌。我曾經在這裡，哀悼我母親。這裡，是半地下室。我們在一起，度過了我父親的大半生。這是我父親，此刻，正趴在飯桌上寫信。
這是我——父親人生裡，多餘的枝節。

女兒：幾個月前，就在同一張飯桌前，他的父親開口，吐露自己的過往。

舅舅：一個逃亡者的故事。
從前從前，他害怕政府軍追捕，坐上偷渡船，逃到這裡。一直以來，隔海，他都沒敢跟家人聯絡。

女兒：但現在，他想和過往重啟聯繫。

父親：因為死亡，已經緩步到來。

（沉默。）

舅舅：他好像在孵蛋。
好幾天，我上工，下工，煮飯，餵他吃飯。坐在對面看，幾次我閃神，不小心睡著了。醒來，他還在寫開頭前幾行。

女兒：那樣的日子很平靜。

舅舅：父親很安靜。

幾次我閉上眼，以為他不在了。我睜開眼，就會回到我外婆家，看見我母親。

女兒：舅舅小時候，他的父親很忙。

舅舅：他嘗試做過很多工作，時常被騙，被欺負。

大概因此，他不喜歡此地。

女兒：舅舅卻喜歡，父親寫信的時光。

舅舅：我偷偷想，就算最後，信來不及寫完，也沒關係。

因為——

母親：他真的寫得很慢。算起來，大約一週寫一個字。

一封信寫完，整整四十年過去了。

（沉默。）

28.

女兒：四十年後，地址的寫法不同了，但我的舅公，還是收到了信。

父親：筆跡也不同了，但老舅馬上就知道，寫信的人是誰。

舅舅：我去郵局，幫父親寄信。

女兒：外國地址。

櫃檯不知道，在國外，這個地址早就不存在了。

父親：一個收信人的姓名，顫巍巍搭上飛機。

母親：他沒有勇氣，直接寫信給我母親。

（沉默。）

女兒：在國內，一個已不存在的地址。

盡職的郵差，費心查找了。

父親：收信人很久沒有離開了。在家鄉，是人人認得的倉庫警衛。

舅舅：一個退休老人。我父親的老同學。我父親的大舅子。

午睡時，郵差在門外唱名，他起床，領了掛號信。

揉揉眼睛，老人彷彿看見幽靈，在額頭上貼郵票，把自己給寄回來了。

母親：他竟敢，驚動一個因為他，半生負疚的人。

女兒：我舅公打電話來，告知我母親——

原來啊原來，那個一直杳無音訊之人，原來尚在人世。

父親：老舅再搭火車，親自將信送來了。

母親：我的母親讀了信，長久不說話。

長長久久，她只跟我舅舅說——真是令人羞恥啊！

舅舅：這就是我父親，曾經最害怕的一件事。

（沉默。）

29.

女兒：那個年底，一切反常。我祖母變得沉靜。我母親變得暴躁。

舅舅：我想像要是我讀了信，該怎麼辦呢？

父親：我們打算，前去探視他。

母親：誰？

（沉默。）

母親：為什麼是我？

我不想見他。

從來我就沒見過他。

父親：好，大家都別去見他。

母親：我應該去見他？

父親：好。我來訂機票。

母親：為什麼，是你在拿主意？

父親：老舅說——大家不要留下遺憾比較好。

母親：他不知道自己在講什麼。

你是不是想說——妳都長大了，也當媽了，該放下了，之類的廢話？

女兒：我的父親沒說話。

母親：告訴你，我最討厭人家跟我說這個。

信裡，他怎麼問都沒問一句，我是怎麼長大的？

（沉默。）

父親：我出去一下。

母親：你敢！

（沉默。）

30.

女兒：他們去搭飛機。

舅舅：出門前，我幫父親換好紙尿褲，套上最體面的衣物，再扶他坐上輪椅。他看起來，好可悲啊。

我說——我去去就回，你可以吧？

女兒：平常日子，他也時常獨自一人，坐在尿溺中。

沒什麼不可以。

舅舅：其實我確信，今天，就算坐在屎尿裡，他也絕不會再度失蹤。

父親：去機場的吸菸室，我看人抽菸。不知第幾次，同一個清潔工來倒菸灰缸。

整個房間人來人往，卻沒有一個人，開口和他說話。

母親：坐在我旁邊，我丈夫身上的味道聞起來，就像我母親。

莫名其妙，我好傷心。

飛機離地，我開始哭。

舅舅：天氣不好，整天下雨，但我想，飛機是飛在雨雲的上方，像衝浪，所以應該沒影響。我來接他們，一對夫妻，據說，是我的姊姊與姊夫。

女兒：舅舅前來當嚮導。

舅舅：但我想，很快他們會發覺，其實，一切我都不熟悉。

像是國際機場——

父親：百貨公司。

女兒：飯店大廳。城市裡，任何會客氣待人的場所。

母親：他們過得並不好。

（沉默。）

舅舅：在入境大廳，人生第一次，我見到了我的姊姊。她的聲音，就像電話裡一樣遙遠。她的表情，卻好像已經在最近的一場大雪裡，站了極久極久。

女兒：彷彿臉覆冰霜，我的母親，見到了她的弟弟。

父親：決心從此面無表情，她很努力。

母親：哈囉，很好去看到你。

一開口，我像個機器人，跟他說英語。

舅舅：我笑了。電話裡，我們說各種語言，各種語言都破碎。面對面，我覺得沉默時，我更能理解她。

我的姊姊不知道，我的外婆是聾人。

（沉默。）

31.

女兒：來，留意階梯，小心腳步——舅舅指引著他們。

父親：走下樓梯，走入一片幽暗裡。

舅舅：我開門，請進。

父親：這個，就是他們的半地下室。

女兒：走出幽暗，燈光照亮斗室。

這是飯桌。

斗室的盡頭，貼牆端坐著一個人，我的母親看見——

母親：眼前，就是我父親。

（沉默。）

父親：一個老人，端坐在輪椅上。

女兒：一個好蒼老的人。

難以想像，他就是照片裡，那個年輕人。

舅舅：看著我的父親，我太驕傲了——中風病倒後，此刻，父親看來最精神。

父親：一個潔淨的斗室。

空氣裡，有消毒水的氣味。

女兒：一個盡力微笑的老人。

冰涼空氣裡，一顆汗珠，流進眼角的皺紋裡。

舅舅：我好想擁抱他。

從我出門以後，他必定一動不動，閉緊全身毛細孔，憋足了一整泡尿。

母親：眼前，就是我的父親。

（沉默。）

32.

女兒：可是，他們無法溝通。

父親：沒有共同的，彼此都流暢的語言。

母親：不要推我。

舅舅：用筆談。

父親：漢字，我們都認得。

舅舅：我扶他，坐到飯桌旁。

女兒：趴回飯桌上，他像要重寫一封信，專門，寄給我的母親。

四十年的光陰，在筆頭顫動。

他像在扶乩。

母親：腳趾頭啊，請幫幫我。

父親：他寫——人生——幸福——思。
舅舅：讀書——好。
女兒：大學——何科——勉強。

（沉默。）

母親：我出去一下。
父親：好，我們出去。

33.

父親：我陪她，在陌生城市裡，漫無目的走。
女兒：漫長行走後，他們發現，城市也稱不上陌生——同樣高高低低，充滿障礙物的騎樓。同樣，鎮日不停的車輛喇叭聲。
舅舅：我扶我的父親，去上廁所。貼靠在門外，聽著他的哭聲，我感覺憋悶的生命，正從他全身的毛細孔流走。
女兒：靠牆，從相框底下，觀察他的笑容，我聆聽著水聲。
廚房裡，我的祖母，還在搓洗同一條抹布。
好吵鬧，又好安靜。

（沉默。）

母親：我們再回去看他？
父親：好。
母親：現在？
父親：改天。

現在可以等。

（沉默。）

母親：（掩面）好。
女兒：單程機票，我知道。
祖母像在搓洗他的笑容。
我有點害怕。

（沉默。）

34.

母親：第幾次，我們再回去。
女兒：在飯店大廳，我的舅舅，又等著為他們領路。
父親：哈囉，我們已知這路，真的。
舅舅：第一次，我的姊姊對我笑。
女兒：我的舅舅，很喜歡待在飯店的大廳裡。
舅舅：從前從前，我的母親，是飯店的清潔工。

（沉默。）

母親：在飯桌前，我問他的生活。
他說這一切，要從一個安靜的家說起。
父親：戰爭來了，難民向南奔逃。逃到哪裡，都有火焚的喧囂。
舅舅：我的外婆很堅強，總是有辦法，重建家的安靜。

母親：她的女兒長大，當清潔工，聽得見灰塵的沉落。
女兒：在飯店儲藏室，有什麼指爪在搔抓。
母親：有老鼠！
父親：她開門。
女兒：她撿到一個外國青年。
母親：飯桌對面，我的父親。

（沉默。）

35.

舅舅：這是妳的預期嗎？
父親：清潔工，看外國青年好像剛游上岸，一身破爛，肚腸飢餓。
女兒：她可憐他，每天，都帶食物去給他。
舅舅：在外婆面前，他就像任何人一樣多話。
父親：他和她們言語不通。
母親：他們卻彼此相伴，走了很長的路。
父親：死亡緩步到來。
舅舅：我痛揍了他一頓。
女兒：一點灰塵，裝在小木盒裡。
舅舅：在他心中，竟然沒有多餘的枝節。
父親：死亡緩步到來。
母親：這就是今天，當他的死終於成真，我們要去安葬的人。
這就是眼前，我的父親。

（沉默。夜暗中，光度漸漸由雨冬轉為晴夏。）

父親：死亡緩步到來。

女兒：今天，是大火與汪洋的日子，遺忘的節慶。

我召喚他來，想問他——

有沒有聽見，這片寂靜？

（沉默。桌椅撤去，女兒離場。）

第六場

36.

（晴朗夏夜的光度，重新浸潤整個舞臺。）

（舞臺上有：醫生，母親，父親，舅舅。）

醫生：遺忘的節慶裡，死者同歸一所。

垂首低眉，兒時的我練習，穿過故鄉的亂葬崗。山路蜿蜒，漸漸爬高，我回望，能眺見海岸。船桅若干，張展太平的年歲。

走到林中空地，我看見鄉親們，正包圍一隻猴子。猴子活過戰火，卻在和平日子裡，因搶摘樹上的果實，被鄉親們給打傷了。

猴子傷得很重，鄉親們，要我的父親醫治牠。至少，要讓牠，能撐持到海岸市鎮上。

不是為了救猴子的命。鄉親們是打算，將牠賣給藥材行，活摘各種可以作藥的臟器。

（沉默。）

醫生：不是為了救牠的命。但我的父親，卻沒有拒絕。

用珍貴的醫藥，他救起了這隻猴子，再任猴子，被鄉親綁在擔架上，歡呼著，抬下山了。臨去之前，父親請求鄉親們，一路上，務必對待猴子溫柔些。

我的父親不是獸醫。我期待他醫治的，是人的病苦。

父親的溫柔請求，也令我困惑。

（沉默。）

醫生：想不明白。

（沉默。）

醫生：想不明白。

（沉默。）

37.

（一艘小船，緩緩航入舞臺中央。祖母坐在船沿。）

醫生：鄉親們歡呼著，下山去了。
臨去之前，猴子望看人世的神情，與眼裡的淚水，長長久久，在記憶裡拷問著我。我猜想，我永遠無法理解，世人的歡鬧。
在牢裡，不知待了多久。我開始懷疑自己，為何曾經是個「醫生」？

（沉默。）

祖母：這是第一次，夢走到了盡頭。醫生，這只是第十三天——在牢裡，你首次感到絕望的日子。在那之後，將會有無數次的絕望。每一次，都像希望一樣純粹的絕望。
你是荒地上，一個自生自滅的生命。在你死後，未來，更多的夢境都歸向你。像碎玻璃一樣，晶瑩卻破碎的夢境，有時，也會刺傷人。你是青春年代，我以為的老人。卻也是年老時，在我心中，最純真的那個男孩。

醫生，時間這樣，通過了我們的牢房。

（沉默。）

第七場

38.

（桌椅移入，女兒與青年同坐，面向觀眾。）
（蛙與蟲鳴的聲音，現在又再響起。）

女兒：命至將死。
　　一個冷雨夜，一盞路燈，牽引最盛大的光亮，擊穿我祖母的眼膜。她將周遭，躺成一片水域。
　　在忘川之上，她看見——
祖母：很久很久以前的新春，全島騷動。
　　年輕的我丈夫，趁夜離開大學，返鄉，投身義勇軍。
青年：背起行囊，我尋路返鄉，探看我的新婚的妻。
祖母：一部《辭海》！他送我的新婚禮物。
女兒：多少個夜，他們一起，拆解文字的零件，想重新學習，該怎麼正確地說話。
祖母：但從前從前，自他返鄉起，我就預感此生，不會再有那般溫馴的夜了。
青年：將來，也不會有一間診療室，可以容我，慢慢修復人的傷殘與病苦了。
祖母：一個診間，用來醫治曾經療癒你的鄉親們。
青年：一個啟蒙的場所。
　　可以傳遞我曾經受過的恩寵。

（沉默。）

祖母：喔。對了，想起來了——
彼時，家鄉裡的第一位西醫，診所像書房，開放給所有人，包括才剛要認字的孩子。

青年：彼時的醫師自己，卻少有能閒坐讀書的時候。
他總是精神奕奕，終日奔波，去看診或講演。

女兒：這樣的一位醫師，是我祖父兒時的典範。

祖母：他無法成為，自己記憶裡沒有的那種人。

（沉默。）

女兒：不會再有，那樣的未來了。

青年：未來可以等待。

祖母：未來，早就全面襲捲而來了。

女兒：夏天到來，野蟲每夜唱響。
我的祖父決定，隨義勇軍上山，固守最後的基地。

祖母：他應當去！

女兒：他們以為，他應當毫無恐懼。

（沉默。）

39.

祖母：你應當去。

青年：（停頓）我無法拒絕。

（沉默。）

青年：再跟我說說，妳所記得的醫生。

祖母：關於十六七歲時，我在牢裡見到的醫生。

青年：對，關於當時，我所離開的醫生。

祖母：說什麼好呢？

女兒：說時間最初，他最素樸的一次絕望。
牢房惡寒，夜裡，醫生不能安寢——

醫生：那是在第十三天，我清楚記得。
幾次驚醒，一個夢魘，栩栩如真，像是我確切的履歷。
在日記裡，我寫下。

祖母：醫生醒來，想起自家院子裡，那棵蘋果樹，已經種了三年。
到了夏天，也該會初次結果了。
那樣的一棵蘋果樹。
無比奢侈，就像任何樹的結果。

女兒：時間這麼慢。

祖母：牢房外，又下雨了。

醫生：今夜這場雨，大概也下在我家的院子裡。
那棵樹，大概正兀立雨中。

女兒：醫生的家人，若是也失眠，此刻大概，也正被回憶侵擾。

祖母：醫生的回憶裡，活人比較稀少了。

醫生：孤單一人。
我希望世人——能不能就此當作，我也死去了呢？

（沉默。）

祖母：但是，我是不會跟他說起這些的。
女兒：他只會成為，自己記憶裡有的那種人。

（沉默。）

40.

青年：我記得——
離開以前，我去亂葬崗上，醫生的墳前拜別。
祖母：在牢裡，他病耗得極快。早就不是從前的他了。
那樣奢侈的耗弱。
女兒：據說死前，他總是張眼，卻已經陷入深深睡眠中。
青年：只是「據說」。
因為，從未有過一次，我真的去探望他。
醫生：他離鄉，去讀大學以前，我請人送了一封信給他，說，想見他一面。
青年：我沒有回覆。
當然，也沒有去看他。
女兒：因為害怕？
祖母：因為羞愧於害怕，也害怕於羞愧？
青年：我羞於去想，自己為何這般決絕。
醫生：無所謂了。
據說，我走進的睡眠極其深沉。
我甚至都不記得，從何時起，自己就已經死去了。

（沉默。）

41.

醫生：年輕人卻記得——

（青年起身，離開桌椅。）

青年：我的嚮導指示我，藏身在海岸邊，一處草寮裡，等夜暗，船到來。

女兒：等候時無事，周遭寂靜，充耳，他只聽見潮浪的聲音。

祖母：幸好，透過牆縫，他能窺見朗朗星空，像是給他的祝福。

醫生：近處海面，一艘漁船打出燈號。

青年：我看見了！

我奔出草寮，追上它。

女兒：眼高腳低，他半身泡入海水中。

祖母：他盡力伸手，終於抓住了船舷。

醫生：一位漁夫，單臂一撈，順手，就將他撈上了甲板。

青年：站在船上，我回望海岸。

祖母：歸途不可期。

就當是最後一次，你回望家鄉的海岸吧。

青年：我感謝鄉親們，以夜的緘默，指引給我，一條生路。

（沉默。）

42.

女兒：這就是他。
今天我召喚他，從海面走來，與我同坐。

醫生：這只是故事裡，第一次的別離。

祖母：他還不知道，離別之後，是無數次的別離。

父親：死亡緩步到來。

青年：（停頓）怎麼回事？

祖母：譬如我——

父親：死亡緩步到來。
收到信以後，從冬到夏，大半年，我的岳母不說話。

母親：她自己，找好了養老院。

女兒：她帶走一個小小的旅行箱。
一張照片，幾本書。她一生的言辭表達。

父親：幾乎無足輕重，我幫她提起行李箱。
車子停在養老院門外，她要我們就此離開。
在院門外，我們目送她，走一小段路，走過未來二十二年裡，
每天傍晚，她會穿過的荒涼花園。
那一刻我感覺，自己也老了。

（父親離場。）

43.

祖母：譬如他——

舅舅：好不容易，找到一個天主教墓園，願意安葬沒有國籍的人。

我的父親沒有信仰，但我猜想，他應該不會討厭周遭，人人都是外國人。

青年：我不明白。

母親：我的母親說，那就這樣，葬了他吧。

好歹，也為妳以後，留個念想的地方。

目送她走一小段路，我感覺自己也老了。

（母親離場。）

44.

祖母：譬如我。

今天，他們搭船出海，以海的冷冽，消溶我一生，無足輕重的餘燼。

女兒：在海面上，目送她漸漸消失。我的母親懷疑，我的祖母，有沒有察覺這個矛盾——有生之年，她總是念想著死亡，也以為，只有通過死亡，人才值得被念想。

祖母：譬如她。不被人更多念想的她。

喑啞之家裡，一個聽得見一切的女孩。飯店裡，一個隱形的清潔工。病床上，一個疲憊的死者。飯桌上，一個靜謐的木盒。一個我不認識的外國女孩。

（沉默。）

45.

女兒：在天主教墓園，舅舅目送我們離開，長久長久，還兀立原地。
晚風習習，野蟲唱和。
突然，他好想念兒時，那個無聲的歸宿。

舅舅：離開以前，我的姊姊問我，今後，有什麼打算？
我傻笑，因為沒有語言可以表達。
破破碎碎，我回答：我要去某個食堂，坐一下。
有一些黎明，有一些傍晚，它暫時讓人，區別生活與療養。

（舅舅離場。）

女兒：黃昏黎明，黎明黃昏，它讓生活有別於療養。

（沉默。）

46.

（醫生上船，祖母幫扶他。）

青年：我真的不明白。

祖母：那就是所謂的「未來」。
這裡，只有你，還無法明瞭。

女兒：我的舅舅，那年三十五歲，就是如今，我的年歲了。

醫生：我懷疑巧合，只是萬有之中，人給自己挑選的朋友。

女兒：巧合是我們最親切的朋友。

今天，我召喚他到此，與我同坐。

曾經，他的笑容也是一種別離，讓我害怕。

青年：我只是唯一的異鄉人。

（沉默。）

47.

祖母：唉，不要害怕。這就是本真的你。

曾經，我深深望進眼裡的臉容。

青年：離開以前，我與我的妻子，去海岸市鎮的照相館。

祖母：一對新婚夫妻，穿著他們最體面的衣物。

青年：我問──

我們一起，拍一張合照吧？

祖母：她不要合照。她懼怕時間。

她只想以最鄭重的模樣，站在這個理想青年的面前，看著青年，對她笑。她卻不要任何人，嘲笑這個青年。

連青年自己也不行。

醫生：一個永遠如新的笑容，沒有對未來的恐懼。

女兒：還沒有每天，夜宿在同樣的恐懼裡。

祖母：這就是你。

（沉默。）

醫生：一個二十年過去了。

女兒：又一個二十年過去了。

祖母：再一個二十年，她也要同等鄭重地，站在他面前。
就連時間，也不能嘲笑他們。

（沉默。）

48.

醫生：但是，船笛響起，是我們與世人道別的時刻了。
祖母：最後一次別離，她不必提醒他，時間苦刑裡，世人的孤單。
醫生：啊，想起了我的夢，我的栩栩如真的履歷！
祖母：她只想活摘夢的盡頭。
青年：像一個意念。
女兒：種植在他的腦海裡。

（沉默。青年走到路燈下。）

祖母：於是，當他問她——
青年：再跟我說說，妳所記得的醫生吧。
祖母：說什麼好呢？
醫生：她想說——
那隻猴子。就是醫生我，夢裡頭的那隻猴子，在夜半醒來，爬上了林梢。牠眺見海岸市鎮，燈火，全部熄滅了。
祖母：所有的戰爭，每一次的戰爭，都在此刻，暫時休眠了。
青年：猴子伸展身體，準備，在林間縱跳，尋覓食糧。
女兒：猴子的身體輕盈，腳趾靈活，抓握是夜，溼漉漉的樹皮——
醫生：或石頭上的苔衣。

祖母：或夜露涓滴聚成的水窪。
女兒：或溼漉漉的樹皮——
青年：沒有留下一點聲響。
女兒：或可被追蹤的足跡。

（沉默。）

49.

醫生：她想說，在牢裡，醫生如是說——
我盼望是夏，蠻荒復甦，森林走搖。
女兒：在戰火休眠的一刻，森林，漫漶到了他家的院子裡。
祖母：安靜的夏夜裡，這個院子，兀立一棵蘋果樹。
醫生：但望我一生栽植的樹木，也結果一顆，可供牠摘食。
女兒：但願就是這樣，牠得以縱身奔跳，不被戰火追及。
醫生：然後，沒聽見雨聲。
青年：什麼也沒有，只是一個安靜而晴朗的夏夜。
祖母：什麼也都沒有了。
然後，我對他說——
「現在」，你已經航過大海，從此，可以歡快地逃了。

（沉默。船緩緩航離舞臺。青年目送，揮手作別。）
（沉默。）
（彷彿剛剛登上一處陌生海岸，青年尋路，離場，女兒目送。）
（沉默。桌椅撤去，女兒離場。舞臺上無人。）
（沉默。）

（夏天光度，由夜暗轉為傍晚，浸潤空臺。）

（蛙與蟲鳴的聲音停止。路燈熄滅。）

（幕緩緩落下。）

（全劇終。）

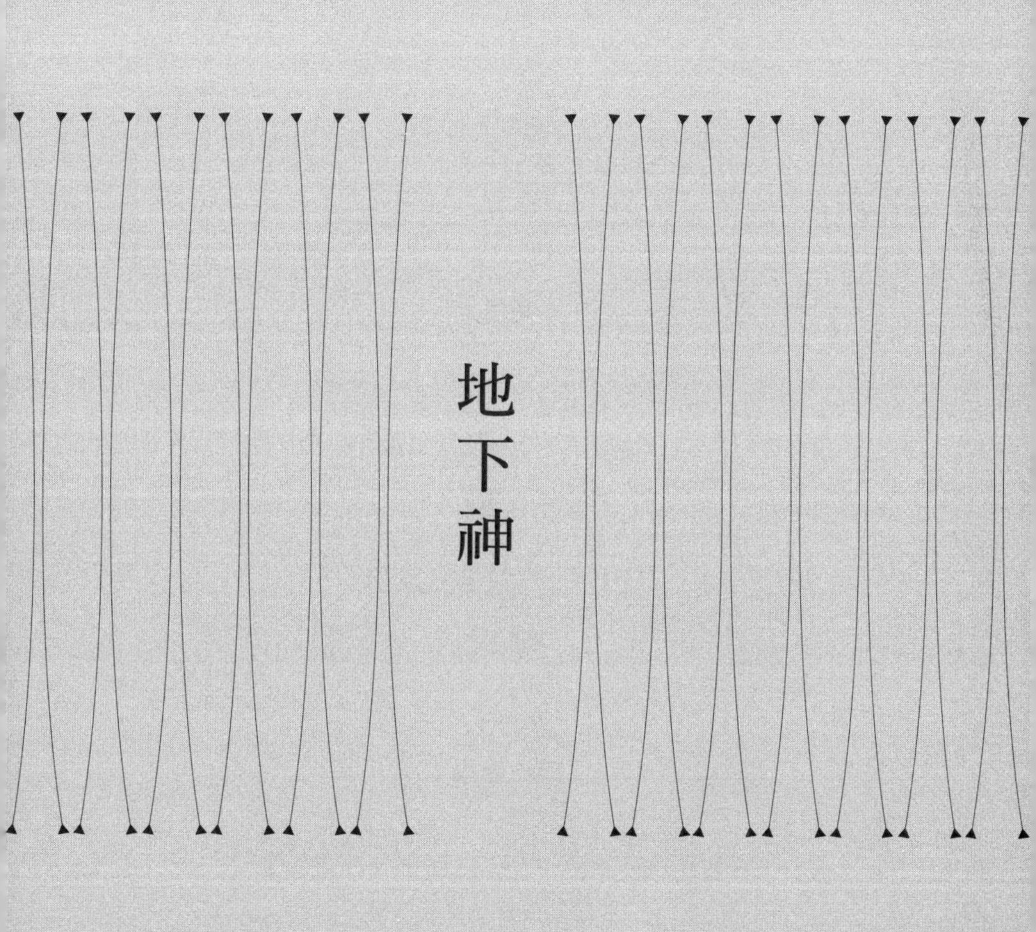

地下神

場景

一個像地窖的劇場。

角色

礦工甲：三十多歲
記錄員：與礦工甲同齡
老母親：沒有年齡
老牧師：八十多歲
礦工乙：五十多歲

演出建議

一、保持舞臺封閉感，所有演員自始至終都在場上。
二、不錄製任何音效或音樂。

上半場

1.

（全然的黑暗裡，老母親搖鈴。）
（燈光亮起：深夜，海邊的民宿。）

礦工甲：今年夏天，每天，天氣都很好。我們的記錄員回到家鄉，這個從前的礦區小鎮，住在這間民宿裡。
小鎮依山傍海，而民宿，在全鎮地勢最低的地方。
從山頂遠望，民宿就像海邊的堡壘一樣。

記錄員：民宿裡，有一位老母親，是露天睡覺的專家。

礦工甲：從前，有一個礦工結了婚，想蓋一個自己的家。他來到這片荒地上，用水泥，鋪出方方正正的庭院。居中，立起了正正方方，一間房子。庭院的東邊和北邊，是兩面懸崖。穿梭全鎮的公路，漫遊到了這裡，就從一面懸崖的最高點，迂迴下沉，沉到另一面懸崖的最低點。

記錄員：庭院邊緣，懸崖和懸崖的交接處，向天，冒生一棵相思樹。

礦工甲：庭院上面，房子坐西朝東，很英勇，迎合日出與西曬。四面八方，海風吹拂。這棵相思樹，整天晃呀晃，召來炎夏與寒冬，還有公路上，浮浮沉沉的人影。
這個礦工，蓋房子的目的，就像是為了守望這條公路。

記錄員：和大多數礦工一樣，生活，讓他養成了樂觀的個性。他一面生養家庭，一面準備著，要舉家搬出小鎮，搬到更好的生活裡。

礦工甲：他死在礦坑災變裡了。他死了以後，庭院邊緣，這棵相思樹繼續生長，向外茁壯，用自身的重量，用深深入土的樹根，漸漸，扛起了庭院的水泥地，像要拖著整個家，一起跳懸崖。
多年以來，房子四周的地表，還在持續龜裂，不斷龜裂。

記錄員：整群、整群的螞蟻，從地表的裂縫裡逃出來。

礦工甲：從地心竄出，整群整群的瞎眼螞蟻，把我們的老母親，也當成了逃生的通道。直到更多年後，我們的老母親，才動用鋸刀與天梯，攀上相思樹，鋸光了樹的茂密枝葉，和枝葉裡的蟬鳴，只留下主幹。
從此以後，這個家的跳崖行動停止了。
一切都停止了。只剩下相思樹的主幹，像一尊佛像，低眉垂首，不生不死，每日每夜，原地罰站。

記錄員：就是在這樣的夜裡，老母親，誕生了她自己——
一個露天睡覺的資深鎮民。

（沉默。）

老母親：怎麼這麼暗？

記錄員：夜深了。
今天晚上，沒有星星，也沒有月亮。妳什麼也看不清楚，只聽見附近，海浪，拍打海岸的聲音。多年以來，那條公路的濱海路段不斷拓寬，地基一再架高，長得就像是防坡堤。
現在，是深夜了，在妳的家門口，妳剛剛醒過來。

老母親：（聆聽）漲潮了。

礦工甲：妳還記得，自己是誰嗎？

老母親：我是一個母親。
這一生裡，在這個小鎮，每天，我都要生下一個小孩。

一個一出生，就悲傷痛哭的小孩。一個天生就懂得悲傷，所以才會閉眼出生的小孩。一個終於張開眼睛，卻還是不敢爬向世界的小孩。

礦工甲：一個總算爬向世界，卻還不敢開口說話的小孩。

老母親：一個就算學會說話，悲傷時，卻還是只會痛哭的小孩。

記錄員：（停頓）對，妳生過很多，像這樣的小孩。

（沉默。）

老母親：可是，現在這麼暗，我要怎麼生？

礦工甲：不要緊，妳忘了——現在，妳早就生完所有的小孩了。

妳變成了某種老太婆。白天，妳滿臉慈祥，呆坐在自己的家門口。妳是這個觀光小鎮，路上風景的一部分。晚上，露天，妳睡在行軍床上面。

妳在自己的夢裡頭觀光。

老母親：我是不是，有一個小孩死掉了？

記錄員：那場戲，妳看過太多次了。

老母親：我記得，（手撫胸口）這種感覺。

礦工甲：（停頓）喔，其實，他們全都死光了喔。

妳在心裡面，把他們收納成同一個人了。

但真的不要緊——這樣，至少有一個人會被記得。

（沉默。）

老母親：我記得，我點燃了一根火柴，燒光了整座山。

然後，世界就結束了。

記錄員：那是很久以前的事了。那個時候，妳還是個貪玩的小孩子。
對我們的小鎮而言，那是規模最小的一次滅絕。那一次，只燒毀了兩百三十間房屋；燒死了其中一間豬寮裡，總共二十七頭豬。
人們很快就重建好了，不要擔心。

老母親：我們沒有被包圍在山上，被分批帶走？

礦工甲：那是另一次的事。

老母親：沒有被趕上船，驅趕到異鄉？

記錄員：那是又另一次的事。

老母親：我看見，海面上有亮光，像漂浮的鬼火。
今天晚上，人們還是出海捕魚？

記錄員：當然。重建以後是滅絕，滅絕以後是重建。
人們的生活還是繼續。

老母親：那個夏天，那一百多個人，都不是我燒死的？

礦工甲：不是。
正好相反——是他們造成了妳。

老母親：喔。
我有一點想念他們。

（沉默。）

2.

（燈光轉換：破曉時分，在公路上。）

老牧師：每天，我們在小鎮裡一起夜遊。

我，和我記憶中的他。

當然，我記得這條公路。它繞著礦山走，連接河谷和大海。

很多年後，我認為，關於小鎮的故事，首先，應該從那條河說起。

老母親：誰在說話？

記錄員：一個老牧師。

在這裡，他照顧很多人的希望。

老母親：喔，難怪我不認識他。

老牧師：（停頓）這是一條猶豫不決的河流，向著終點，卻又逃避終局。有一天，當遠遠望見海洋，它突然轉身逃跑，背過大海，在群山之間，又切出了迂迴的河谷。

某個河道彎曲處，形成一個大水塘，當地人稱「鰶魚寮」。

礦工乙：鰶魚，是一種河口魚，通常不會深入河道，定居下來。

所以鰶魚寮，是一個非常獨特的棲地。

老母親：那又是誰？

礦工甲：某個礦工。

他在市場賣過魚。

老牧師：有個本地人，發現水塘底，老是沉積了細小的金沙。他決定探究起源。他召集了一批人，進山挖掘礦坑。他們背起畚箕，徒手下到礦坑底，去尋找黃金。

礦工乙：他們是去挖金礦。然後，順便就挖到煤礦了？

老牧師：對。

不對，我想說的是，隱喻看來，整個臺灣煤礦業，也像是某種「鰶魚寮」。

礦工乙：（停頓）不明白。

老牧師：意思是說，臺灣煤礦業會出現，只是因為罕見的偶然、附帶的挖掘。它的確長出了獨特的生態，也因此，困住了很多人。只是，在最鼎盛的時代，它也只是勉強維持而已。整整一百年以後，當它悄悄寂滅，徹底消失了，人們也不會覺得生活裡，有什麼巨大的變故。

今天晚上，繞著礦山走，你聽，群山之間，每一個荒廢的礦坑，都在默默蓄積礦泉水。這個「鰶魚寮」水塘，到了最後，只沉積了更多空洞的水塘。

礦工乙：如此而已？

老牧師：事實如此。

記錄員：天快亮了。

他們又結束了一次夜遊。

老母親：（停頓）他們在說什麼？

記錄員：他們在寫歷史。

老母親：鰶魚的？

（沉默。記錄員和礦工甲起身。）

老母親：你們也要走了？

記錄員：天亮了，我們準備上山。

老母親：喔，上山。

每一天，他們總是出發，去山上。最後，也全部都留在山上了。白天，小鎮總是很安靜，像一個鬼城。我坐在這裡，太陽繞著我的頭頂轉。

我的影子變短了。

我的影子又變長了。

礦工甲：（停頓）所以，妳有一個手搖鈴啊。每一次，當妳搖鈴召喚，我們就會帶不同的事物，回來拜訪妳。
這次是鯨魚和螞蟻。
下一次，會是全部相思花的綻放。

記錄員：每一次，妳都會多想起一點什麼。
雖然，失去一切的感覺，妳早就記得了。

（沉默。）

3.

（燈光轉換：上午，在小教堂。）

老母親：天更亮了。

礦工甲：這個夏天，每天，天氣都很好，就像三十年前，那個夏天一樣。我們的記錄員回到了家鄉，住在山腳下，海邊，一間民宿裡。
他說：時常，他聽著潮浪的聲音，感覺只要一個不留神，往事，就會自行漂遠，無法再記掛於心了。

記錄員：但是，每天清早，我還是打起精神，出門，背向大海，往山頂走。

礦工乙：這個夏天，每天，你沿著公路上山，來到這間小教堂，探望我們的老牧師。小教堂在山頂，左邊是公墓；右邊，是相思樹林。二十年前，老牧師回到這裡定居。
他說：這裡，就是一生中，他最後的住所。

老牧師：我最後的醫院。

礦工甲：你最後的墳墓。

記錄員：他的醫院。

礦工乙：我們的住所。

（沉默。）

老牧師：從前從前，當我還是個孩子，戰亂剛剛開始，而我還沒有離開家鄉。有一個赤腳傳教士，徒步走來我的村子，乞討食物，兼募款，說是要為我們蓋教堂。
當時，村子裡，人人都笑他。

礦工甲：飯都吃不飽了，還想蓋教堂！

老牧師：這個赤腳傳教士，總是笑呵呵，用孩子也能懂的話，跟我們介紹起，救主的故鄉「拿撒勒」。據說，那是在山頂峭壁上，一個廢墟般的窮村落。在那裡，風整天吹，吹得人發狂。
風整天吹，和我的村子也差不多。

礦工甲：從此，你就覺得救主，長得像是你的鄉親。

老牧師：從此，在這個世界上，我就老是想著，要往多風的荒村走，去承擔更多的苦勞，也去建起一座小教堂。
就跟那個赤腳傳教士一樣。

礦工甲：你就老是想起，他曾經說過——

老牧師：「塞佛里斯的廢墟裡，最後走來一個木匠。
第一批他的信徒，最先住進耶路撒冷的廢墟裡。」

礦工甲：（停頓）於是，你離開了自己的家鄉。
在二十二歲時，你飄洋過海，來到這裡。

老牧師：隨著戰亂，我離鄉，飄洋過海，來到這裡。
也不是一開始，我就來到這個小鎮。
之間的大半生，我還遭遇了很多事情。

一些我現在，不是很願意回想的事情。

（沉默。）

記錄員：根據他的自白，少年時期，在山東老家，他被軍隊抓伕，成為士兵，隨著戰爭，一路向南方轉進。二十二歲，在海南島戰役，他是整個突圍排，唯二倖存的士兵之一。

礦工甲：倖存後，你隨軍隊渡海來臺，駐防在臺東。
直到三十五歲，你以步兵上士階退伍。

礦工乙：我在學校當工友，也在東部荒地開發隊兼差。

記錄員：他流浪到北部，在基隆的市場裡，擺攤賣魚。

礦工甲：你成為礦工，同時，也在基隆清潔隊兼差。

礦工乙：直到六十歲，他去就讀神學院，成為了牧師。

記錄員：最後，回到我的家鄉，在山頂，這片空地上，老牧師，以鄉民的慷慨和善意為磐石，立起了這個殿堂。這就是他一生苦勞的成果。
他說：現在，除了在這裡，平靜地死去以外，他沒有其他的奢望了。

礦工甲：（對老牧師）是的，平靜地死去。

礦工乙：（對記錄員）沒有比這個更好的事了。

（沉默。）

老牧師：但是，就在這裡，每天，這個年輕人，都要來問我一些，我並不是很想回答的問題。他這麼執著，我有點擔心，再這樣下去，在自己的人生裡，他將會什麼事情都做不成。

記錄員：我遠遠稱不上是「執著」。

礦工乙：有些問題，你直到三十年後才想問。

老牧師：往往，不是我們自己想不想的問題。

我的意思是，在這個世界上，除了打聽過去發生的事情以外，總還有一些別的什麼事，是他更應該去做的。

礦工甲：也許，這就是他應該做，而且現在，總算有能力去做的一件事。

礦工乙：怎麼說呢？

記錄員：我總覺得，如果連我也不記得了，比三十年再更久以後，這件事，就沒有人會記得了。

礦工乙：每當你這麼說，我們的老牧師，就會用憐憫的眼神看著你。

礦工甲：我們的記錄員，覺得自己有義務，記下你所記得的事情。

記錄員：我正在記錄，隨時，他都可以開始講述。

老牧師：我知道。

只是，他應該已經發現了：我的記憶並不可靠。

我太老了。在我的心裡，埋葬了很多人。

有時候，我看著他，會錯以為，他也是其中之一。

（沉默。）

記錄員：很多人像幽靈，擾亂老牧師的記憶。

老牧師：很多幽靈也像人，擾亂我的記憶。

礦工甲：你的小教堂，卻總是這麼安靜。

礦工乙：像是世界上，最靜謐的一片空地。

記錄員：像一個遙遠的美夢，現在，終於落實了。

老牧師：像這個美夢，就是我的一生裡，所有事實的依據。

一個從童年開始的美夢。

礦工乙：而這個夏天，每天，你都來到這裡，記錄他的形同虛構的記憶。

礦工甲：他還以為自己，可以挖掘出所謂的「事實」。

老牧師：（停頓）我也想反問他——
對自己的家鄉，他還記得什麼？

記錄員：對自己的家鄉，我記得的其實不多。
我只記得童年。

礦工乙：從中學開始，你就外出讀書了。

礦工甲：成年以後，如果返鄉，他也都是趁著夜裡，才敢出門晃盪。

老牧師：他記憶裡的細節，也大多能見度不佳。

記錄員：某種意義，我也是家鄉的陌生人。
就像他一樣。

礦工甲：而這個夏天，每天，他都來到這裡，記錄你的形同虛構的記憶。

礦工乙：你還以為自己，可以挖掘出所謂的「事實」。

（沉默。）

礦工甲：但其實，關於那件「事實」，我們的記錄員早就知道了。

礦工乙：你的手上，有當時的審訊筆錄、官方調查報告，與新聞報導。
上面的說法，基本上是一致的。
你還需要什麼？

礦工甲：也許，他只是想聽我們的老牧師，再親口說明一次。

礦工乙：在隔了整整三十年以後。
所以，這個夏天，關於你的挖掘，大概只會有兩種結果。第一種，是老牧師的說法，又和三十年前雷同。這時，你將會更加確定——老牧師命令自己記得的，就是一個精心的謊言。

另一種，是這次，老牧師所說明的細節，和過去有所出入了。這時，所有的出入對你而言，將會顯得更像是「事實」。然而，這也只是「對你而言」而已。因為我們的老牧師，總是那唯一一位，能提供證詞的人。

無論結果是哪一種，關於那件「事實」，你不可能多確定什麼的。

礦工甲：不管是三十年前，還是現在。

但也許，不管是「事實」也好，虛構也罷，這都不重要。我們的記錄員，就是想聽我們的老牧師，再親口講述一遍自己的記憶。

礦工乙：（停頓）我不明白。

這麼做的意義是什麼？

礦工甲：在你最後的墳墓之前。

老牧師：在我最後的醫院裡面。

記錄員：回到家鄉，這就是現在，我最想做的一件事。

（沉默。）

4.

（燈光轉換：正午，在相思樹林。）

礦工甲：這個時候，小教堂外面，群鳥開始歌唱。到了正午，陽光，總是照亮教堂外面，那片相思樹林，像是某種召喚。
這個夏天，我們四個人，總是一起，去到那片樹林裡散步。

記錄員：這個夏天，每棵相思樹，都開滿黃色的小花球。

礦工乙：你記得這樣的景象。你的童年。
你記得小時候，你和玩伴們，總是打赤腳，滿山遍野奔跑。
如果，有人受傷了，你們就來到這片相思樹林裡，採集相思樹的嫩芽，放進嘴裡，嚼爛了，敷在傷口上。

記錄員：我們，坐在樹林邊緣，等傷口不再流血，自行癒合。像等待痛的感覺，慢慢地，在我們彼此的記憶裡，一起溶解。直到那個受傷的同伴，宣布了自己的康復，再站起來了，我們就再一起，滿山遍野奔跑。

老牧師：在這最後的一片相思樹林裡。

礦工甲：在未來的教堂外面。

記錄員：在當時的公墓外邊。

礦工乙：在更遠的未來，你的記憶裡。

（沉默。）

記錄員：我記得，當時，只有在像那樣，等待彼此痊癒的時間裡，我們，才會生出耐心，那般漫長地，一起坐在樹林的邊緣，俯瞰我們的家鄉。從這個山頂，沿著公路，看向山谷裡，那些安靜的房舍。
直到大海，直到海面上的天空。
我們看著。
也許，就像過去的二十年裡，他所見到的一樣。

礦工乙：直到黃昏從遠方來。

從暗下的天空，到亮起的海面。直到海面上的陽光，沿著公路，爬上山。直到這片相思樹林。

這樣的景象，我們的老牧師也記得。

記錄員：直到黃昏爬過林梢，和海上的太陽一起沉落。這時，從真正的地底下，（對礦工乙）你們，就會從群山之間爬出來，沒有傷口，沒有一點關於痛苦的記憶。

就像我們一樣。

礦工乙：沒有一點關於痛苦的記憶……

記錄員：就像我們，全都是玩伴一樣。

礦工乙：（停頓）包括我在內？

記錄員：當然。

你在他們之中。

礦工乙：（停頓）他們現在，全都躺在樹林外面，那片公墓裡了。

記錄員：不要緊。

你，這一個你，就在他們之中。

（沉默。）

礦工甲：所以，這個夏天，每天，他都來到這裡，探望你。

老牧師：我知道。

他來問我，關於我的舊日生活，想從裡面，抓住一條線頭。關於那次死難事件的線頭。這個夏天，我從戰亂時，自己一路逃亡的履歷說起。他卻想將這些，同歸於地底的終局。

他想將死亡的條理，重新織進我的一生裡。

他想終結我的逃亡。

礦工甲：這就是你害怕的事？

老牧師：對。

不對。我害怕，我能提供給他的，只是斷裂的線頭之一。

和你們能提供的，也沒有什麼差別。

當他同時抓起，所有這些各自斷裂的線頭，說不定最後，他會發現，關於那次死難事件，他用線頭黏糊起、復原好的，他自己的隱喻，只是時間裡的一個空泡。

礦工甲：（停頓）就算是空泡也好。

至少，它占有了位置。

像是時間裡的空缺。

老牧師：只是，當一個空泡出現，我們不免會去想，時間裡，更多的空泡。我們不免會想，人世間，死難事件這麼多，卻各自孤立。如果，在這一切的上方，沒有某種道理，那麼，這麼多的死難者……

你笑了。

（笑）我都快忘記，你的笑聲了。

礦工甲：如果是要傳教的話，現在，你當然更擅長了。

你領有證書。

老牧師：（停頓）不是。

我說的，始終不變，就只是我自己的親身經歷。

我的「事實」。

礦工甲：在教堂的外面。

礦工乙：在未來，他的記憶裡。

記錄員：在我童年的家鄉。

老牧師：我想說——

那個夏天，我確實再次重生。

（沉默。）

5.

（燈光轉換：正午，在公路上。）

記錄員：當然，他會記得這條公路。
這條公路離開河谷，在礦山裡盤旋。正午，從山頂望下，這條公路閃閃發亮，看起來，就像它所替代的那條河。

老牧師：二十年前，我循著這條舊路，返回這個小鎮。

記錄員：一把鋸刀，他當然記得。
下到礦坑底，掛在腰帶上的各種工具，他都記得。那時候的礦區，沿路，都有許多像那樣的小店。他不用任何準備，不必經過一點訓練，就可以成為礦工。

老牧師：任何人都可以。
只要他願意沿著這條公路，走來這個小鎮，沿途，那些小店，就能將他給裝備成礦工。

礦工乙：二十年前，當他離開神學院，像個赤腳傳教士，返回這個小鎮時，他發現，那些小店，都隨著礦區死滅了。
沒有人記得他了。
沒有人過問——他的回返，究竟是為了什麼？

老牧師：我回來，建起一個只有我理解的殿堂。
只有我明白，之前此後，在這個小鎮，海風還是不停吹。
只有我，總算明白了最初，當我的赤腳傳教士，走入廢墟一般的我村時，為什麼，他的眼神，看起來那麼悲傷？
關於我村，這個陌生人記得的，比我們還多。

礦工乙：他重新理解自己的過去。
我就是這樣，成為了他的記憶。
他在悲傷裡，看見的那個自己。

（沉默。）

老牧師：所以，當他問我——
關於困在礦坑底的日子，到底，我還記得什麼？
我記得，那天是七月十日，星期二，節氣小暑，整天高溫。
快到正午，他，一身熱汗，從清潔隊下工了。
礦工甲：你趕回家，匆匆洗把臉、換衣服，扒了一碗冷飯。
老牧師：基隆火車站，鐵路街後方的暗巷。
我的臨時住所。
礦工甲：在這個世界上，所有的住所，對你而言都是臨時的。
記錄員：根據筆錄，當天，從那個住所，你帶上裝備，又騎著摩托車上山，沿著這條公路，準備去向礦山，下到坑道底，去打今天的第二份工。
山路清涼，對你而言，是兩種苦勞之間，宜人的空檔。
礦工乙：山路清涼，在摩托車上、移動中，我暫得休息。
老牧師：在中午，他的兩種苦勞交替之際。
礦工甲：當天我值早班，正準備出坑休息。
記錄員：在礦山，中午，也是兩班交替的時候。

（沉默。）

礦工乙：山路清涼，我騎著摩托車，向前奔馳。

當時，我還不知道：很久以後，當我重回地面，再看見這同一條公路時，道路，將會無限延伸，使我，成為未來的老牧師。

老牧師：山路上，他望見遠方，所有的荒山頭，都長滿了芒草。
他還不知道：某種意義，他會在醫院裡死去。

礦工乙：這片荒山地帶，長滿了大小宮廟，像是不安的結晶。
沿路，海風吹拂芒草叢。不分時刻，海風一再逆襲荒山頭。但正中午，當日光一照，又將那種毫無遮掩的冷漠，給壓抑得極低，極低。只有低伏著身體，親自穿過那一切的人，像我，才有可能察覺到的冷漠。

老牧師：抵擋海風，他低著頭，騎著車，向前奔馳。

礦工乙：我背著背包。
裡頭，有我給自己準備的頭燈，和工具腰帶。深深的地底下，我唯二的護身符。滿山荒蕪。對像我這樣的一個礦工而言，像是自然就該如此。我不知道：地面上原本該有，卻從來沒有的，應該是什麼？

老牧師：地面上，原本該有一個壓風機房。
多年以後，我才知道。

礦工乙：壓風機房，譬如說。
用來將地面上的清風，給壓進深深的地底。可是，礦場的老闆們，為了儉省成本，就將機房，安在坑道裡頭了。

老牧師：當時，這麼做並不犯法。

礦工乙：沒有明文的規定可以犯。
當時。

（沉默。）

礦工甲：我不知道，一百年以來，那些早該淘汰的設備，都還埋藏在地底。還草率地，在我的周遭，和我一起工作。

老牧師：一架老舊的壓風機。

像哮喘，從坑道底，向著更深的地底，去絲絲送風。

記錄員：撲面，他們吹到熱風，很感激地，想起一整片大海。

礦工甲：中午過後，在地底，我等著交接，準備出坑，下工。

老牧師：中午過後，他下到坑道底，準備打今天的第二份工。

記錄員：（停頓）壓風機房即將爆炸。

在中午，十二點四十七分。

礦工甲：十二點四十七分，礦山的地底下，繁多通道中，第二段斜坡面，右二片坑道裡，壓風機房即將爆炸。

老牧師：（對礦工甲）一百多人的死亡，即將蔓延開來。

記錄員：（對礦工乙）你還不知道這件事。

（沉默。）

6.

（燈光轉換：正午，在礦坑底。）

礦工乙：我在礦坑底。

中午，十二點四十七分。來自上方，一個微弱的爆炸聲，像是廣大森林裡，一根樹枝折斷的聲音。多年以後，我覺得自己聽見了。

之後，是幾秒鐘的安靜。

礦工甲：一段時間，四周好安靜。

時間長到，在我周遭，暫停動作的礦工們，都開始慶幸，剛剛，可能，只是一場集體的幻聽。

記錄員：起火原因，勘驗報告說，是電線短路。

礦工乙：好安靜。

時間也短到，當爆炸聲的重量，沿著坑壁，層層滾落下來時，所有人都意識到——根本來不及逃了。

老牧師：他跪下來，開始禱告。

記錄員：（停頓）電線，為什麼會短路呢？

礦工甲：右二片坑道的坑壁，有岩石剝落，正好，就擊中了壓風機房裡，壓風機的電纜。

記錄員：高壓電纜破損，造成了所謂的「弧放電」。

老牧師：一個空泡！

一個沒有人有辦法，徒手抓牢的空泡。

他單膝跪地，呼喊救主之名。

礦工甲：「弧放電」。

高壓電纜的裂縫，綻放一個電漿球。

瞬間，電漿球炸開。青色火苗四竄，點燃壓風機房、坑道梁架，與縱橫交錯的坑道內，空氣裡，無處不在的煤塵。

礦工乙：立刻，整個地底就延燒開來了。

這是一個誰也抓不住的空泡。

我不知道：像這樣的景象，地下，原本不該有。

（沉默。）

礦工甲：一個爆炸聲，我記得。

我們全都跑起來，拚命想往上爬。

礦工乙：當時，我還不知道，礦坑口也落磐，早就封死了。

我只是聽從直覺，跪地禱告。

老牧師：全部的坑道裡，濃煙和瓦斯一起向上竄。

人愈拚命往上爬，死得就愈快。

很多年後，我知道了。

記錄員：最後，調查報告說——

這是一起人為疏失，所造成的不幸意外。

礦工甲：瞬間的光亮。

我一生所見，最後的光芒。

礦工乙：光芒熄滅，黑火繼續蔓延。

好黑，頭燈也照不亮，空氣滾得像黏膠。

一跳進去，人就悶熟了。

記錄員：死難者在上方堆疊。

你卻獨自一人，在黑暗中往下墜。

你將在人們的質疑中重生。

老牧師：這是我唯一的證詞。

礦工乙：（停頓）所有人，推著擠著，亂成一團，但其實，誰也逃不了了。

礦工甲：你跪地禱告。

奔跑的人群裡，不知道是誰，推了你一把。

你跌了一跤，滾到更深的地底。

你將會遇見我。

記錄員：他後來想，這全是救主的意旨。

推他的人，救了他一命。

老牧師：最後，調查報告說——

這是一起人為疏失，所造成的不幸意外。

礦工乙：我往下墜——

礦工甲：從堆疊的人群裡掉落，我往下墜——

老牧師：我往下墜。

確實，我將在世人的質疑裡重生。

記錄員：這，還是他唯一的證詞。

（沉默。）

礦工乙：在我們最後的住所。

礦工甲：在你，被死者救活了三十年以後。

（沉默。）

礦工甲：（對礦工乙）我準備好了。你也過來吧！

礦工乙：我寧可不要。

礦工甲：來吧。再一次，戴好你的頭盔，繫好你的工具腰帶。

然後，準備在舞臺中央躺下來。

（沉默。礦工乙走近礦工甲。）

礦工甲：喔，對了，有一個小問題。

其實，第一次聽你提起時，我就好奇想問了。

關於六十多年前，那場海南島戰役啊——

礦工乙：怎麼了？

礦工甲：當時，那整個突圍排，那另一個倖存下來的人，到底是誰？

（很長的沉默。兩人對視，礦工乙始終沒有回答。）

（燈光緩緩暗下。）

下半場

7.

（燈光亮起：時間不明，在礦坑底。）

（沉默。在舞臺中央，礦工乙艱難地坐起身來。他試圖打開頭盔上的燈，發現電池已耗盡。他環顧、摸索周遭。他探觸躺在附近的礦工甲，想確定對方是否還活著。發覺礦工甲似乎已經氣絕，礦工乙痛苦而茫然地仰望。他再次躺倒。）

（沉默。礦工乙再次坐起身。他移動身體，摸索礦工甲的工具腰帶，嘗試取下別在腰帶上的水壺。）

礦工甲：（突然握住礦工乙的手）我還活著。

礦工乙：喔。我很抱歉。

笑什麼？

礦工甲：一個人，說他還活著。另一個活人，說他很抱歉。

沒事。

（沉默。礦工乙重行躺倒。）

礦工甲：（解下水壺，起身，用水壺碰碰對方）拿去。

礦工乙：我不想喝了。

礦工甲：別這樣。

我有事情拜託你。

礦工乙：我幫不上忙。

有事出去再說。

不要笑了。

（沉默。礦工甲也躺倒。）

礦工甲：其實，我的水壺裡，早就沒有水了。

我值早班。

礦工乙：（停頓）我知道。我摸到了。

這不是我，拒絕幫助你的原因。

礦工甲：至少，聽我說一說，我的請求？

礦工乙：不可以。

如果現在，還有一件什麼事，是你放不下的，你絕對不要說出口。你就自己憋著，把它，當成是一口空氣。你要節約使用這口空氣。慢慢地，在心裡，把它想得再更長一點。這樣，你就能活下來了。

相信我。這個方法，是別人教我的。（停頓）真的管用。

堅持下去吧。現在，上面一定有很多人，正在尋找我們。

來，什麼也不要說了，開始，想你的這口空氣。

礦工甲：（停頓）我想的就是他們。

現在，在上面等待的人。

（沉默。）

礦工甲：這是第幾天了？

礦工乙：不知道。

最好不要去數。

乾脆，你連一點想法也不要有。一動不動，一刻接著一刻，像一顆香菇，默默活下去就好。香菇可不會記掛什麼親友團。
來，保持安靜。

（沉默。）

礦工乙：竟然，是在午休的時候出事。
從前，在學校當工友的時候，我最喜歡的，就是午休時間。
中、高年級的值日生，來蒸飯間抬便當。一個班級，派兩個人，一起，抬一個鐵籮筐。我得看著他們，以免他們搞混了、跌倒了，受傷了。
整個蒸飯間，都是熱騰騰的蒸氣。半大不小的孩子們，每個人的臉，都紅撲撲的，相當可愛。不知道為什麼，人們不喜歡我，跟他們多說話。其實，我不是話很多的人。
午休時間，我在走廊上散步。其實，我是偷偷去巡堂，確保每個班級，每個孩子，都吃飽了，都趴在課桌上，睡著了。
人們以為，我有什麼壞念頭。其實，我的願望，就是也想像他們一樣，還只是個孩子。
午休時間，我回蒸飯間打掃。我是值日生中的值日生。
整個蒸飯間，蒸氣都凝結了，像下雨一樣。
我就獨自淋著那場人造雨。
那可能是我的一生裡，最快樂的時光。

（沉默。）

礦工甲：我還活著。

礦工乙：（停頓）好。

礦工甲：你有說什麼嗎？

礦工乙：沒有。

你可不要去想：地面上，更衣室裡，你的冷便當啊。

礦工甲：（停頓）我沒有想。

礦工乙：好。

（沉默。）

8.

（燈光轉換：黃昏，在醫院。）

礦工乙：（起身）總共十三天。現在我知道了。

人們告訴我：在礦坑底，我整整受困了十三天。

記錄員：以下，是你的記憶。你走出醫院時，所完成的自白——

礦工乙：這個黃昏，在醫院裡，我清醒過來了。

人們問我，我是誰？還記得什麼？我說，關於困在礦坑底的日子，整個過程，相當漫長與安靜。我什麼也沒有多想。除了等待，什麼事情也沒有發生。

現在想起來，我，甚至沒有一點關於痛苦的記憶。

記錄員：（停頓）「這可能嗎？」

人們用奇妙的表情，看著你。

礦工甲：（起身）口渴。飢餓。極度悶熱。氧氣不足。

無限期的暫時存活。

諸如此類的，可以想見的痛苦。

你一點也不記得了？

礦工乙：我感覺，所有屬於人的痛苦，最後，都被那般漫長的等待，給稀釋了。

礦工甲：你要大家相信——

最後，在那個深深的地底下，那樣漫長的等待裡，你獨自一個人，始終堅持著某種文明。

礦工乙：（停頓）我但願事情，真是這樣的。

記錄員：「這可能嗎？」

人們還是看著你。就像你，是一個罕見的怪物。

礦工甲：他們在等待你，主動提起我——

這個在十三天以後，和你一起被找到的人。

（沉默。）

老牧師：我是獨自一個人，在醫院裡醒過來的。

這是一間單人病房。我目前住過，最豪華的臨時住所。後來的，各種各樣的「單人病房」，都比不上最初的這一個。我甚至擁有自己的警衛。他們總是兩兩一組，一天三班，輪流在病房門口站崗。

他們看守我。我看守單人病房的窗戶。

礦工乙：窗戶外的風景，像一幅風景畫。

只有在像目前這樣的高度，才有可能望見。

像是別人借給我看的風景。

老牧師：（對礦工甲）他們總是想聽見他，主動提起你。

在他們之中，這個年輕人，來得最遲。

因為其實，所有的問題，他們，已經都問過他了。

礦工乙：或者，在更漫長的時間裡，在更多的臨時住所裡，我們的老牧師，已經都一再審問過我了。

老牧師：「你醒過來了，恭喜！」

他們總是兩兩一組，其中一個人這麼說。

礦工乙：「你是這起礦災事件裡，最後，被搶救上來的人。」

另一個人這麼說。

老牧師：「不要動！辛苦了，好好休息。」

礦工乙：「我們就是有一些問題，想要請教。

是這樣的——」

老牧師：「是這樣的。最近幾次礦災，都發生在中午。」

礦工乙：「正逢兩班交接，坑道裡面，擠最多人的時候。」

老牧師：「你說巧不巧？」

礦工乙：「所有人都拚命往上爬，有人卻一動不動，原地跪著。」

老牧師：「會不會，此人早就知道，礦坑口已經被封死了？」

礦工乙：「是這樣的，最近幾次礦災，坑口都落磐，擋住逃生路。」

老牧師：「你說巧不巧？」

礦工乙：（停頓）我是所謂的「掘進工」，只管賣力挖土。

老牧師：他不懂炸藥的事。

礦工乙：「咦，誰提起炸藥了？

你問過沒問？」

老牧師：「沒有喔。

話說，你當過兵？」

礦工乙：你們在礦坑口，找到炸藥殘跡了？

老牧師：「沒有殘跡，不代表沒有使用炸藥喔。」

礦工乙：他們找到未使用的炸藥，在遠離出口的坑道裡。

老牧師：「沒有使用炸藥，不代表不會搞破壞喔。」

礦工乙：「話說，你當過兵？」

老牧師：你們懷疑誰？

礦工乙：「當時，誰離坑道口最遠，就懷疑誰。」

老牧師：（停頓）他想得到嗎？

未來，他們對他的質疑。

礦工乙：誰離坑道口最遠，陷落到了最深的地底下，最後，卻還能倖存，他，就是最當然的嫌犯。

（沉默。）

老牧師：「是這樣的——

在你的旁邊，還躺了另一個人。」

礦工乙：「你記得嗎？

另一名礦工。」

老牧師：他當然記得。

礦工乙：來吧！戴好我的頭盔，繫好我的腰帶，很明顯——我是一名礦工！我是當時，受困在礦坑底的兩人裡，最後倖存的那人。從在醫院裡醒來，見到這個老騙子開始，我就發誓這次，一定要緊緊跟隨他，直到他，坦承自己的罪行為止。

老牧師：他就是我的坦承。

他自己，卻永遠也不知道。

礦工乙：我覺得自己，再也沒有感到痛苦的權利了。

老牧師：從此，在我的心中，他定居了下來。

我的壽命，就是我們的刑期。

礦工乙：（停頓）我是誰？

老牧師：他卻永遠不知道——

因為他活下來了，所以，我必須繼續活下去。

生命既然繼續了，我就自己，再把道理找回來。

（沉默。）

9.

（燈光轉換：時間不明，在礦坑底。）

老牧師：這是我的義務。

只是，他們總是想透過我，重新找到你。

這個年輕人最想看見的，也是你。

既然這樣，以下，就是更多年後，我依憑個人記憶，所作的見證——

礦工甲：啊，一個不小心，我又笑出聲音來了。

在礦坑底的日子，我總是不由自主，笑出聲音來。

好像笑，真的會帶給我快樂。（回到舞臺中央，躺下）

老牧師：這是所謂「飢餓的笑容」。

在礦坑底，你總共存活了六天。

這是一個漫長的過程。一切表面上的變化，都和事實相反。

你很餓，但是，看看你的手指，開始發胖了。你無法握拳，像戴著一雙再也脫不下來的手套。

這個手套，就是死亡的開始。

礦工甲：我感覺無比輕盈。

老牧師：不只是手。

現在，你的腳，你的肚子，你的臉，都開始浮腫了。

礦工甲：我又笑了，嘴裡，卻充滿了苦味。

老牧師：我貼近觀察你。

一種紅疹子，像是神祕的昆蟲，爬滿了你的皮膚。

你看起來，不再像是你自己了。

後來，再更多的念想，也都無法，挽回原來的你了。

礦工乙：（跪坐在礦工甲身邊）請你明白——

後來發生的事，都和事實相反。

事實是，我總是希望，能夠拉住你。

礦工甲：我感覺無比輕盈。

像要開始飄浮起來。

（沉默。）

礦工甲：我說過的人，他們每個人的名字，你都記住了嗎？

礦工乙：我幫不上忙。

嘿，哪裡也別去。看著我。

你想不想聽，救主家鄉的故事？

礦工甲：唉。

你說吧。

礦工乙：你就想像，有這樣一個人口不到百戶的小農村，全村共用一口水井、一個洗澡間。全村人，都是文盲。就是這樣的一個小地方。

這個地方的雨水少，蓋的房子，都是那種單間小房舍，一半住人，一半住牲口……

礦工甲：你的救主，什麼時候要出場？

礦工乙：不要急，聽我講啊。

這個地方，陽光還特別大，所以屋頂的天臺，都漆成白色的。家家戶戶，就在一片亮白裡晾曬衣服，跪下禱告。夏天到了，還在天臺上頭，搭桌子吃飯，打地鋪睡覺。

你又笑什麼？

礦工甲：沒事。只是覺得驚人——你的精神這麼好。

總之，那就是一個和我的小鎮，也沒有什麼差別的地方？

礦工乙：可不是嗎？救主和我們，真的是沒什麼差別。（忘情地）才十歲，就要負擔家計了。背起工具，學他的父親，當木匠。跟著父親，四處走闖找生意。然後，生意就來了。

一個征服者，把鄰近的一個大城給搶光、燒光，夷為平地，然後就走了。

老牧師：下一個征服者來了，又要重建這座大城。

東南西北，四鄉的工匠，都被召來了。十歲的救主，也跟著父兄們去了。這就是他，這個小孩子，第一次見到的外鄉世界。一片人稱「塞佛里斯」的廢墟。這就是他，在人世間，學習去做的第一個工作——

要在那片廢墟上，再把大城重建回來。

（沉默。）

礦工甲：我還活著。

礦工乙：（停頓）好。

礦工甲：你的救主，會憐惜世人吧？

礦工乙：那就是他，一生在做的事情。

礦工甲：你所信仰的，是你的救主，對世人的憐憫吧？

礦工乙：（停頓）我期許自己，盡可能這麼做。

礦工甲：你不會不理，我的請求吧？
礦工乙：不談這個了吧。
礦工甲：我只有一個請求。只要幫我這個忙。
來，水壺給你。

（沉默。）

礦工甲：只要答應，在我死後，完成這個請求。
在我死後，我想要你幫忙，照看我們。
那些名字，你都記得了。

（沉默。）

礦工甲：連我身上的肉，也可以給你吃。
來，用你的鋸刀，把我一片一片，鋸下來吃。
先從我的腿肉開始。
老牧師：（停頓）這是你親口的要求？
礦工乙：不要說了！
最後會活下來的，也可能是你。
到時候——
老牧師：不要吵！
對不起，我沒有聽清楚。
請你再說一次好嗎？
再說一次，你的要求。
你要我背負的重擔。

（沉默。老牧師凝神細聽。）

老牧師：你還活著嗎？

你回應我了，對吧？

你回應我了。

我確實聽見了。

（沉默。）

（老母親搖鈴。）

10.

（持續的鈴聲中，燈光轉換：深夜，在海邊的民宿。）

礦工甲：（起身）我感覺無比輕盈。我開始飄升。

我想起——

地面上，更衣室的櫃子裡，還有一個冷便當。

礦山的更衣室裡，還有我的一點遺物。

記錄員：那個夏天，他留下的索引。

礦工甲：天快亮了。

悶熱中，整個小鎮醒過來。微弱的燈光，把屋裡的一切，照出長長的壁影。在廚房，我們生火，煮飯，裝填便當，裝得結結實實。

我們出門工作。

記錄員：他們沿著公路，爬上礦山，再爬進深深的地底下。

礦工甲：生活召喚我們，走進家鄉的內裡。

記錄員：家鄉沒有多餘的要求了。

礦工甲：但是，現在，她又搖鈴召喚了。

記錄員：夜晚這麼安靜。

老母親：（停頓）你們來了。

礦工甲：夜晚這麼安靜，妳一個人，坐在家門口。
就像那個夏天，還坐在礦坑口等待的妳。
那個夏天，妳等待——
一個接一個，我們被挖掘出來，在礦坑口，排列成某種隊伍。

（沉默。）

老母親：今晚，我想起來了——
我是一個意外。
在這裡，沒有人在蓋房子的時候，是打算長久住下來的。

礦工甲：這裡的地表，還在持續龜裂。
像特別的年輪，緩慢侵蝕妳。

記錄員：特別，是在下過雨的夜晚，整群螞蟻，會從地底竄逃出來。

老母親：牠們是我的朋友。

礦工甲：（停頓）妳不離開嗎？

老母親：隨時，我都在離開。
露天，當我睡醒，我起來，獨自沿著公路走。
有時上山，有時去海邊玩。
（聆聽）你聽，所有山頂的言語，在我聽起來，都像是夜裡的海潮聲。

（沉默。）

老母親：今天，我發現——
失去的生命，是永遠失去了。
只是，不知道為什麼，我有一個手搖鈴。

礦工甲：（停頓）妳召喚我來，是希望我保持安靜？

老母親：不是。
我召喚你，因為我還是想念他們。
因為希望你，也得到一點休息。
在走進下一場戲以前。

（沉默。）

老母親：（對記錄員）今晚，甚至，連你是誰，我也想起了一點。
小時候，你打赤腳，走出相思樹林。你在山頂的公墓，一個，一個，看墓碑。你看見，刻在墓碑上的死亡年，泰半，都是一九八四年。
那好像說明了什麼。但其實，什麼也沒有說明。
那又好像，就是一直以來的他們。
就算學會說話了，也還是不會說話的他們。

記錄員：（對礦工甲）我記得，二十二歲，你服完兵役，平安退伍了。
你返回家鄉，重尋活計與生路。
就在那片山頂，你第一次遭遇所謂的「荒地開發隊」。
滿山遍野，他們來砍殺相思樹林。

老母親：他們，來把整片樹林，搬到地底下，再重新，種植成礦坑坑道的梁架。

礦工甲：一九八四年，我三十七歲。

那個夏天，就在家鄉的地底下，我看見所有的相思樹，一瞬間，全都死而復活。全部，綻放了光亮的花朵。
瞬間的光亮，照看了無神的我們。

（沉默。）

記錄員：之後，就是地心一般的漫長夜暗。
老母親：夜晚這麼安靜。
記錄員：像是在妳的身邊，死後的他們，那麼地安靜。
我還記得，一棵相思樹，在樹林裡，默默倒下以後，樹幹，還可以一段一段鋸開，給妳當枕頭。
一次又一次，妳靠著相似的枕木，夢見他們說——
礦工甲：十五年來，家鄉緩慢吞食了我們。
這就是最後，我的平安。
這不是誰的過錯。
老母親：從那時候起，他們這麼安靜。
記錄員：妳卻認為，這是好的——
在睡夢裡，見到他們時，妳也得到了一點休息。

（沉默。）

老母親：我在睡眠裡作夢。
我在夢裡頭安眠。
記錄員：妳不需要其他的言語。
雖然，現在，神話即將開始。

（沉默。）

11.

（燈光轉換：時間不明，在礦坑底。）

記錄員：我正在記錄，隨時，他都可以開始講述。

老牧師：這個夏天，這個年輕人，要求查看我的記憶。
既然這樣，我就開始傾訴——

礦工甲：在你的記憶裡，你醒過來。
最後一次，你探向我的鼻息，意識到，我真的已經死了。

記錄員：從工具腰帶，你拿出鋸刀，靠向他。

礦工乙：我按住你的身體，準備鋸下你的腿肉。
請注意：這個時候，你確實是已經死了。

老牧師：你已經死了。
你的靈魂飄升到空中，像一丁點鬼火，帶著硫磺的氣味。

礦工甲：我希望，這有助於照明。
在黑暗的礦坑底。

記錄員：他自給自足，用靈魂的光，照亮了自己的肉身，讓你比較好下手。

礦工乙：這樣的事，只有剛在絕望裡斷氣的人，才有可能做成。

（沉默。）

老牧師：你剛剛斷氣了，但是你的肉身，顯然還不知情。

礦工甲：我的肉身，被粼粼的鬼火給照亮。

在那裡面，血液才剛停止流動。
血中的碳，剛開始沉積下來。

老牧師：一切都非常完美。

礦工甲：原本在生長的，現在都暫停了。
死後的生長，目前還沒有開始。
那是肉身最完美的一刻。

老牧師：這就是他，要用鋸刀鋸開，吞吃入腹的一具肉身。

礦工甲：噓！安靜下來。
現在，即便是我的靈魂，也只能安靜下來了。
因為，你聽，你開始禱告了。

老牧師：他正要開始禱告。

礦工甲：你祈求，即便是救主，此刻也請別過臉去，不要窺探我們。
因為你，正在回應我的所謂「要求」。

老牧師：這就是事實！

（沉默。）

記錄員：這就是最後，他所記得的事實。

礦工甲：吃吧，喝吧——
這是我的肉。這是我的血。

礦工乙：我吞食他，像我們正在談話。

記錄員：你說——
你知道，救主的故事，還沒有結束吧？

礦工甲：吃吧。也可以，把我當成一條魚。
你是說，在他死後，還有故事？

礦工乙：（開始咀嚼）對。

不對。是在他死後，故事才要真正開始。

記錄員：在他死後，他的信徒回到耶路撒冷，等待他復活。

一如他曾經許諾過的那樣。

礦工甲：他復活了？

礦工乙：沒有。

一天又一天，他們等了又等。

他始終沒有，從他的墳墓裡，再走出來。

（沉默。）

老牧師：他們，只等到又一場戰火到來。

整個耶路撒冷，又一次，被焚成廢墟。

他們，全都死滅了。

記錄員：可是，在遠方，很多年後，他的信徒的信徒，開始用他不理解的語言，寫下了他的故事。

這個故事，傳播到了更遠方。

礦工乙：在寫下的故事裡，木匠變成了神之子。

木匠的老師，變成了弟子。

死守廢墟的人，全部遭到塗銷，不會被人給記得。

礦工甲：所以，他還是復活了？

礦工乙：對。

他一次又一次復活，在別人的語言裡。

記錄員：在勝利者的語言裡。

礦工乙：在木匠自己，不明瞭的那種語言裡。

礦工甲：在勝利者的語言裡。

我不明白。

這就是你，深深相信的那個怪奇故事——
關於像你這樣的一個，從死境裡復活之人的故事？

礦工乙：不。
這個故事和我無關。
這只是我如今，才終於想通的一個故事。

礦工甲：很好，現在你吃飽了。
你等待下一次飢餓的來襲。
像是從未吃飽過一樣。

記錄員：（對礦工乙）一個關於遺忘與瘋狂的故事。
同時，也是一個關於未來的故事。

老牧師：（對礦工甲）一個關於像你這樣，被人給吞食之人的故事。
不是我教導你，而是你啟蒙了我。
不是神學院教導我，而是我，努力使你不受侵擾。
總共七天，我在礦坑底，生吃你的死亡。
從此，在我心裡，你，就是地下的神靈。

（很長的沉默。老牧師和礦工甲對視。）
（燈光暗下。）

尾聲

12.

（燈光亮起：黃昏，在山頂。）

記錄員：這個夏天，每天，天氣都很好。
就像三十年前，那個夏天一樣。
到了黃昏，我們四個人，一起走出教堂。

老母親：你們，和你們的老牧師，在教堂外面，俯瞰這個小鎮。
從山頂，沿著公路，看向山谷裡，那些安靜的房舍。
直到海邊，那間所謂的「民宿」。

礦工乙：「對我而言，在那裡，每天都會誕生一個神靈。
一個剛剛孵化的，比暴食死難的我，還更低下的神靈。」
這個夏天，我們的老牧師，這麼對你說。

記錄員：我記錄下來。
八十多年的生命，讓他無法一一記清所有的房舍。
就像事實上，所有的房舍，對他而言，都是同一個「單人病房」。

老母親：因為這樣，你們可憐他。

礦工乙：在教堂的外面。

礦工甲：在公墓的外邊。

記錄員：在我自己的記憶裡。

（沉默。）

礦工甲：現在，天快黑了。

記錄員：黃昏，即將越過相思樹林，和海上的太陽，一起沉落。

礦工乙：（停頓）我們準備出發，再次夜遊。

老母親：老牧師，和他記憶裡的悲傷，準備一起夜遊。

礦工乙：我們，送別了鄉民和觀光客，關上教堂的大門。
鄉民不知道，透過老牧師，他們膜拜的，就是他們自己。
觀光客不在意，我們的老牧師，就是自己最大的虛構。

老母親：今晚，他們打算潛入群山之間，一個空洞的水塘裡。

礦工乙：我們將會重新命名這個水塘，解讀它，代替所有人，去永遠記憶它。

老母親：對囚犯而言，沒有比這片廢墟，更自由的地方了。

（沉默。）

礦工乙：我們的老牧師，卻背過臉去。
他不想看見，人們的表情。
人們總是看著他，彷彿撞見了瘋子。

老母親：他們出發，走入最先暗下的那座山。

礦工乙：直到下一次破曉，再打開教堂大門，我們的老牧師，就會看見我們的記錄員，還站在大門外，等候他。

老母親：（停頓）我想起——
某個深夜，我也漫遊到了濱海路段。
在嶄新便利商店，嶄新的飲料櫃前，我看見他，一個老人，對著商品架上，一長排礦泉水，無聲地垂淚。
（手撫胸口）我感覺，甚至是他，也是我的一個孩子。

（沉默。老母親走向椅子，坐下。）

礦工甲：一瓶又一瓶的礦泉水。
冰鎮的，晶亮的礦泉水，在礦山山腳下，無聲地列隊。

記錄員：像是某種隊伍。
像是過濾乾淨的飢渴。
妥善凝結的地熱。

礦工甲：一個老人，與它們淚眼相對，像是兩兩透明的傾訴。

記錄員：然而，那樣的沉默，其實什麼也不是。

礦工甲：直到下一次破曉，他會看見記錄員，還站在大門外等他。

（沉默。）
（老母親搖鈴。）

13.

（持續的鈴聲中，燈光轉換：深夜，在海邊的民宿。）

記錄員：現在，天黑了。
那棵倒下的相思樹，再一次，支撐起她的安眠與清醒。
今晚，所有山頂的言語，她聽起來，都像是海潮聲。

老牧師：海風繼續吹拂。
那棵相思樹，還在原地壞朽。
向著山頂，吹送從它身上，墜落的粉塵。

礦工甲：海風吹拂。
粉塵一點一點，墜落向山頂。

墜落了這麼長久的時間。

記錄員：我記錄下來。

鰜魚，螞蟻，相思花。開始，是礦山上的水塘。後來，是礦山下的水源。因為我們，今夜，老母親，又多想起了一點往事。

在那之間的百年裡。

老牧師：因為這樣，我們可憐這個老母親。

礦工甲：在小鎮公路的盡頭。

礦工乙：在濱海路段的起點。

記錄員：在鬼火閃爍的庭院裡。

（沉默。）

礦工乙：現在，是深夜了。

記錄員：有時候，我以為天不會再亮起了。

礦工甲：（停頓）我們又一次，回到了這個庭院。

老牧師：這個年輕人，和他心中，永遠沉默的你，一起回來了。

礦工甲：我們出現，幫助我們的老母親，渡過時間的空缺。

只是，當我看著這個正方形的堡壘，（探看雙手）我想不起當初，我是如何一磚一瓦，將它蓋成的。

老牧師：你還戴著那雙手套。

讓你，什麼也抓不牢的手套。

礦工甲：喔，讓死亡開始的手套。

你說過。

老牧師：（停頓）你記得！

你記得，我確實那樣貼近地，照看過你？

我想請你……

（沉默。）

老牧師：（笑）這是奢望了。

這樣的一雙手套，也就是我的逃亡的結束——

這個夏天，終有一個凌晨，我將會發現自己，再也無法推開教堂的大門了。雖然我知道，這個年輕人，還站在門外等我。我希望到時候，我已窮盡言語。使他安心，確定在我故去以後，我的言語，不會在他的言語裡倖存。

這就是結束。

（沉默。老牧師走向椅子，坐下。）

記錄員：現在，天快亮了。

我必須打起精神，準備上山。（起身）

礦工甲：雖然，海潮的暗湧，讓無人記掛的，早就自行漂遠了。

礦工乙：（對記錄員）這就是你。

這個夏天，你返家。

你心中卻害怕，自己一再聽從召喚的鈴聲。

礦工甲：他害怕終有一日，他也和心中的幻影，同坐與共眠。

礦工乙：於是，這個夏天，這個年輕人返鄉。

礦工甲：從山頂，向著海，向著海，走回他在家鄉的「民宿」裡。

直到下一次破曉。

礦工乙：家鄉的小螞蟻，你就孤單地，一個人走著吧。

礦工甲：他就獨自看著我們吧。

礦工乙：你得打造自己的鋸刀，鋸開我們的屍體。

礦工甲：他就跟著我們，一起夜遊。

直到下一次破曉。

礦工乙：你就試著，越過我們的腳步吧。

礦工甲：他就不要再害怕，去直視我們，結滿黃花的骿骨。

（很長的沉默。礦工甲和礦工乙走向椅子，坐下。）

（燈光聚焦於一張空椅，而後，緩緩暗下。）

（全劇終。）

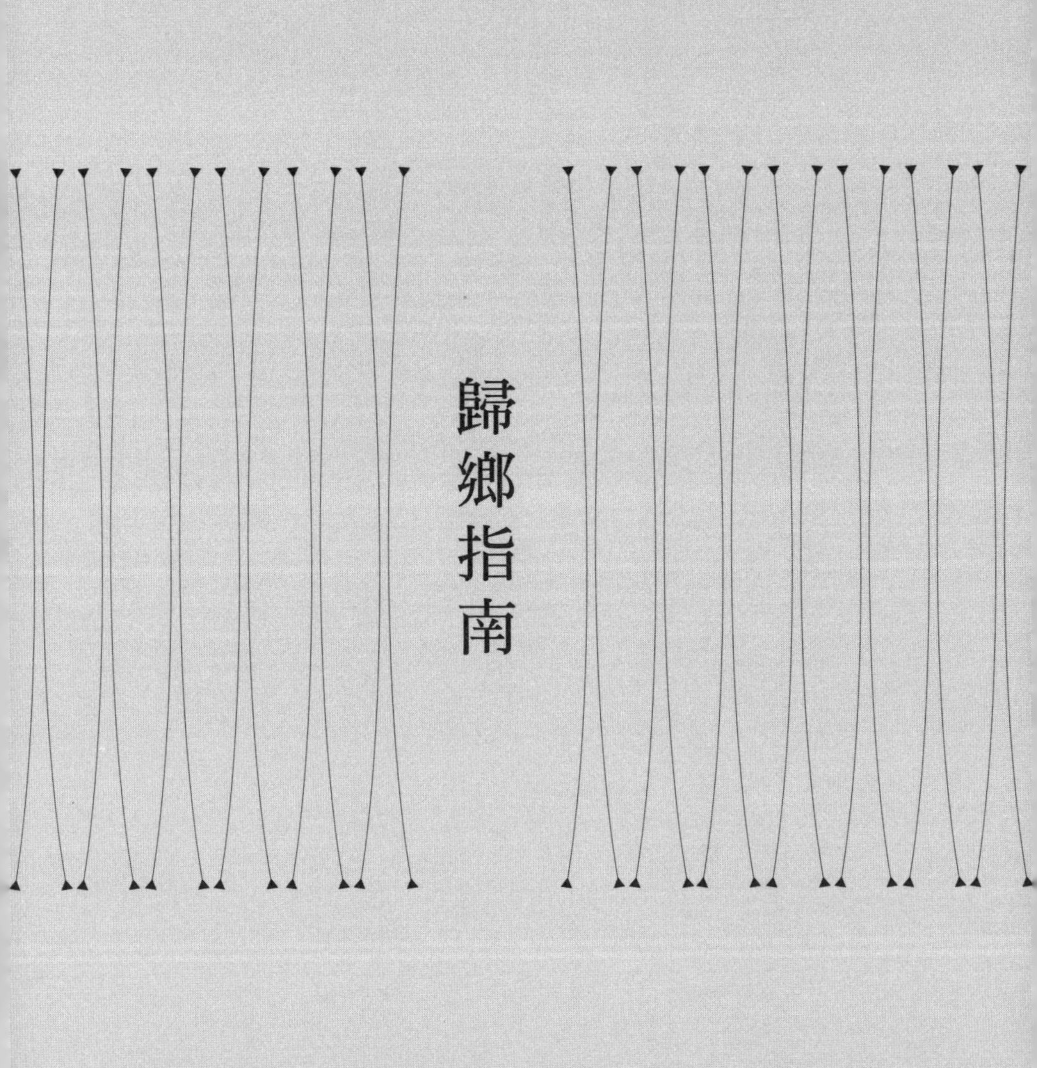

歸鄉指南

場景

簡潔的陳設。

便於隨敘事流變，由在場角色，示現為以下十個場景：
母親的家，「安寧之家」，外婆的家，身心科診間，海邊，
外公的菜園，公墓，城市的街巷，青年的房間，醫院大廳。

角色

母親
青年
怪物：不需要扮裝成怪物
蘇菲
外婆

第一場

（燈光亮起。）
（在場角色：母親，青年，怪物，蘇菲。）

0.

（在母親的家。）

母親：時間一直前進，而我坐著不動。
我坐在這裡，等一通電話。
從「安寧之家」打來的，報平安的電話。
打電話的人，現在，騎著這輛破摩托車，從我眼前出發了。
在雨中，他騎過一段濱海公路。
一段大概五十公里長的公路。

（沉默。）

1.

（在「安寧之家」。）

青年：這是去年冬天開始的事。
母親：去年冬天，我的母親，也就是他的外婆，定居在他固定看病的醫院裡了。從那個時候起，每個星期五下午，他會先去「安寧之家」，探望他的外婆。

在他自己去看醫生以前。

青年：醫院的「安寧之家」，在院區的最裡面。

我抵達，停好摩托車，從後門走進去，首先，就會看見焚化爐。

醫院裡，用來焚燒醫療廢棄物的焚化爐。

母親：每個上班日，爐火不停燃燒，散發一種難聞的氣味。

他從後門，走進醫院裡，抬頭，視線穿過灰色的煙塵，就會望見外婆病房的窗戶。

青年：外婆的病房在五樓。

也就是實際上的四樓。

母親：四個人，住在同一間病房裡。

但是沒有人會說：這裡，住了五個病人。

（沉默。）

母親：我覺得「安寧之家」，很像一塊草莓蛋糕。

因為走在裡頭，放眼望去，一切都是粉紅色的。

青年：我走進「安寧之家」的大樓裡。

怪物：一樓。我們開始爬樓梯。

青年：五樓到了。

怪物：我們走進五樓的長廊裡。

記住了，這裡，這個長廊，就是這齣戲的最後，我們的立足點。

（沉默。）

母親：在這棟大樓裡，這一路上，一切，都是粉紅色的。

像空氣裡，也飽含了糖粉，給人一種沒有病痛的氣氛。

青年：我猜想，外婆會不會誤會死後的世界，就是這樣的氣氛？
萬一，在「安寧之家」的病房裡，她突然醒過來的話。

（沉默。）

青年：嗨，蘇菲。
蘇菲：嗨。
好天氣？
外面。
青年：還不錯。
蘇菲：好。

（沉默。）

母親：在「安寧之家」的病房裡，我站在母親的床邊，彎腰，仔細觀察她的臉。感覺，就像在看某種，還沒有刻上字的石碑一樣。
感覺也像更多年以前，他去圖書館，借報紙讀一樣。
青年：在圖書館裡，我借閱了「微縮膠卷」。
有關家鄉的報導。
我坐在一個發光的箱子前面，看漫長的膠卷，一公釐，接著一公釐，從光箱的表面，慢慢滑過去。
我看著。
母親：花了很多時間，他坐在圖書館裡，仔細讀那些字。
那時候，他還以為，這是最快理解家鄉的方法。
青年：像科幻小說裡的角色。
我把滑行在光箱上的文字，全都睜著眼睛，讀取完畢了。

怪物：終於，整個圖書館裡，再也沒有家鄉的舊聞可讀了。
最後，在我們的腦中，卻只留下一種日曬過度的視覺印象。

青年：家鄉舊聞裡，災難層疊著災難，滅絕吞併了滅絕。

母親：最後，整個圖書館裡，只剩一個空箱子，在他的眼前發亮。
沒有為什麼，就只是發亮。

怪物：什麼也沒有了。

青年：就是這種感覺。
站在外婆的床邊，當我看著外婆的時候。

怪物：一種像是自己也失去記憶了的感覺。
在「安寧之家」的病房裡，當我們看著外婆的時候。

（沉默。）

2.

（在外婆的家。）

青年：在外婆的家裡，我看著外婆的臉。
我開始猜想，萬一，外婆突然醒過來了，她會記得什麼？

怪物：不過，當然，我們的外婆，是不太可能再清醒過來了。
對吧？蘇菲。
妳已經照顧她多久了？

蘇菲：三年。
阿嬤，來翻身，按摩。

（沉默。母親幫忙蘇菲，照料並不存在的外婆。）

怪物：三年前，我們的外婆，完全喪失了行動和說話的能力。
變得像是一個嬰兒了。
這就是蘇菲妳，會來到這裡，我們外婆家的原因。

蘇菲：嬰兒比較好。
會哭會笑。
每天都長大。

母親：妳說什麼？

蘇菲：沒有。

母親：鄉下很安靜，對不對？
晚上，如果妳仔細聽的話，會聽見外面那條河裡面，魚游泳的聲音。

（沉默。）

母親：也不只魚，還有很多東西。
鄉下也沒有很安靜。

蘇菲：有青蛙。

母親：對。有的時候，妳會以為自己，聽見有人在跟妳說話。
妳要小心，不要回答他的問題。
就算心裡悶悶的，沒有人可以聊天，也不要回答他。
那個不是人。

（沉默。）

蘇菲：好。

怪物：可憐的母親。

母親：翻另一邊。

用那個枕頭墊起來。

這裡，多搽一點藥膏。

蘇菲：我很少說話。

母親：好。

（沉默。）

怪物：說的很有道理啊，蘇菲——嬰兒是比較好。

給一個嬰兒三年，他都學會走路，也會說話了。

可是我們的外婆，只會躺在床上慢慢萎縮，直到最後，她不知不覺地死去。

蘇菲：外婆比較乖。

青年：外婆是比嬰兒乖。不哭也不笑。每天都一樣。

我猜想，會不會，外婆正在靜靜作著夢？

（沉默。）

母親：在鄉下，這個房間總是很安靜。

看著外婆，他想起，沒有人會記得，嬰兒都夢見過什麼？

雖然，我們都曾經是嬰兒。

青年：在漫長的睡眠裡，外婆一定，也常常作著無法描述的夢。

母親：那些夢，大概有的好，有的壞。

作夢的人，一定也會有一些事情，很想說給別人聽。

所以，她的臉上，脖子上，才會都是自己抓的痕跡。

青年：她也常常自己翻下床，躺在地板上，等人來發現她。

怪物：最後，我們的外婆，就搬去「安寧之家」了。

到了她翻不了身，也抓不動自己的時候。

（沉默。）

怪物：可憐的母親。

她知道我的存在，卻看不見我，也聽不見我。

母親：好安靜。

現在，我自己一個人，打掃我母親的房間。

在她搬走了以後。

怪物：不只房間。她把整個娘家，都整理乾淨了。

然後她鎖上大門，像要封印整個空間。

她知道下一次，當我們外婆再回來時，這裡的用途。

母親：我鎖好大門。

我沿著門口的河谷，爬一段山路，回去我自己的家。

我回到家了。我坐著休息一下。

我又開始打掃。

（沉默。）

3.

（在「安寧之家」。）

蘇菲：好啦，阿嬤。

乖乖睡覺。

青年：每個星期五的下午，我會嘗試，再跟蘇菲多聊兩句。
在「安寧之家」，當解讀完我的外婆以後。

蘇菲：我很少說話。

怪物：我們知道，妳的話不多，不完全是因為中文不流利的關係。
妳說過——

蘇菲：我住在柬埔寨。
今年四十歲。
我有三個女兒。

母親：最大的女兒懷孕了。

青年：最小的，還在讀書。

母親：蘇菲離婚了。

青年：因為丈夫太窮了。

怪物：蘇菲妳不要了。

蘇菲：我希望阿嬤活著。

母親：因為蘇菲喜歡這個工作。
很安靜。

（沉默。）

怪物：「安靜」。

青年：她總是這麼說。
像是孤獨的反義詞。

怪物：當我們，將這些短句子拼湊起來，我們試著想像，這些年來，
蘇菲妳的生活。

青年：起初，她遠離親人，待在一個空曠而陌生的鄉下。

怪物：後來，妳就跟著我們的外婆，一起擠進蛋糕體裡面了。
白天，晚上，樓上，樓下，醫生，護士，親友，看護，學生。
活人的世界，一刻也不停，不斷從「安寧之家」路過。

青年：他們，來觀察病人的睡眠，檢查病人的呼吸。
在「安寧之家」裡，其實沒有人，會刻意保持安靜。

怪物：所以，蘇菲妳說喜歡的「安靜」，想必比活人世界還廣大。
像是宇宙等級的安靜。

蘇菲：謝謝醫師。
謝謝護理師。
謝謝阿嬤。

（沉默。）

母親：每個星期五下午，離開「安寧之家」以後，他走去另一棟大樓看醫生。

青年：身心科，第二診間。

怪物：我們預約好了。對了，等一下那張量表，你要好好填寫。
知道吧？這很重要，就像考試一樣。
考試你很擅長。

青年：請你學習蘇菲，不要多話。

母親：會不會，外婆定居在這裡，是有什麼話，想跟他說呢？
離開「安寧之家」的時候，有時，他也會這麼妄想。

青年：因為，童年以後，我就很少見到外婆了。
現在，已經完全忘記她了。
如果沒有這段探望期，屬於我的事實，應該是這樣的。

母親：因為時間一直前進，一個季節，緊接一個季節。

然後，總是很突然，他發現了親人的死訊。

青年：感覺，就像是在換季的時候，從外套的破口袋，不小心，挖出一枚掉進襯裡的硬幣一樣。

怪物：但是，現在，外婆帶領一個冬天，親自，抵達我們眼前了。
外婆有什麼話，想跟我們說呢？

（沉默。）

母親：蘇菲，我回家了。
有事打電話給我。

蘇菲：媽媽再見。

母親：妳說什麼時候生小孩？
大女兒。

蘇菲：夏天。

母親：好。
還不知道男生女生？

蘇菲：不知道。

母親：好。（離開）

（沉默。）

青年：我的母親，回去自己的家了。
從去年冬天開始，有時候，她會自己搭公車，來到「安寧之家」，探望她的母親。也就是我的外婆。
不一定是星期幾。

蘇菲：現在，她走去公車站。

青年：她必須穿過整個醫院的院區。
身心科，大概是整個醫院裡，她最感到陌生的地方。
比焚化爐還陌生。

蘇菲：也沒有那麼陌生。
你小看她了。

（沉默。）

4.

（在身心科診間。）

怪物：很好。這張量表，你填寫得不錯喔。分數很高。
醫生會開藥給你的。
知道吧？你要隨時準備好，先把事情整理清楚。
以防到時候，醫生突然問你問題，結果，你卻回答不出來。

蘇菲：不要吵他。

怪物：這裡，這個小小的身心科診間，也就是這齣戲結束了再更以後，我們，會再回來的地方。就像死後的世界一樣。知道吧？
那時候，蘇菲妳已經不在了。

蘇菲：死後的世界，你無法經歷的。
你不是真的。

怪物：嗯？
（模仿母親）「妳說什麼？」

（沉默。）

青年：她在回家的路上了。

口袋裡，裝著對她而言，新奇的小零食。

手裡，提著幾個購物袋。來自公車站附近的商店。

大部分的東西，都是為別人買的。

她喜歡一個人逛那些商店。

蘇菲：她買了很多嬰兒用品。

太多了。

青年：她搭上公車了。

長長的濱海公路，回家的路上，海在左手邊。

回到家以前，會先經過海邊的公墓。

很多年以來，有一些清明節，大清早，當我抵達公墓的時候，我發現很多的墳墓，都已經除過草了。壓墳的冥紙，已經都各就方位了。

不知道何時，我的母親來打掃過了。

不知道為什麼，我認得出墳墓上面，她的痕跡。

像看見某種指紋。

蘇菲：在鄉下，每天都一樣，天還沒有亮，她就起床勞動了。

她像傳說中的看守員。

怪物：她順手，整理了所有熟人的墳墓。

所有，已經沒有認識的人，會再回來整理的墳墓。

蘇菲：她回到家了。

她換了衣服，又出門去種菜。

怪物：她耕種所有認得的田地。

所有，認得的人們，不會再回來耕種的荒地。

（沉默。）

青年：傳說中的看守員。
我的母親，總是負責把親人的死訊，轉告給我知道。
妳覺得，我應該從這裡，開始說起嗎？
關於有的時候，我覺得我的母親，順手收養了很多幽靈。
我很害怕這種堅強。

蘇菲：最好，你什麼也不要跟醫生說。
如果這只是你的想像。
但是，記得打電話。
媽媽是真的在家裡。
還活著。

（沉默。）

青年：好。

（沉默。）
（燈光緩緩全滅。）

第二場

（燈光亮起。）

（在場角色：青年，怪物，蘇菲，外婆。）

5.

（在海邊。）

青年：海在右手邊。從家鄉出發，前往「安寧之家」的時候。
今天，這個星期五，我想起，從去年的冬天開始，一個星期五，接著一個星期五，有時候，我也會嘗試讀報紙上的新聞，給我的外婆聽。
是這樣的，外婆，舊曆新年已經過完了，不過，天氣持續寒冷。
舊曆的新年裡，某一天，我們的家鄉，竟然下起了冰雹。
在那座最高的山頭上，每一顆雨滴，都被凍結成冰珠，空投，在無人的深山裡。

怪物：透過房間的窗戶，有生以來第一次，我們外婆會望見冰川。
冰川，就像淚痕一樣，垂掛在山壁上。
如果我們外婆，還在自己家裡的話，她就會望見。

青年：再過一個月，有一艘貨輪，在我們家鄉的海岸擱淺了。
貨輪的船艙破損，將滿船的原油，全都滲漏進海裡了。
這件事純屬意外，和一個月前的冰川，沒有必然的關連。

怪物：以這艘貨輪為準，死亡，沿著海面擴散了。
魚死了。螃蟹死了。
連在海岸邊，隨處生長的石花菜，也全部死光了。

青年：這整個過程，是很緩慢，很折磨的。

但其實，如果有人痛快些，直接生一把火，煮熟整片海的話，也會是相同的結果。

怪物：這個寂靜的春天，雨滴，像是寒冷的光珠，彈過山頭，越過濱海公路。清洗我們家鄉，最近一次發生的滅絕。

青年：寂靜的春天，濱海公路上，我看見每一顆雨珠，都像是太陽的碎片。

（沉默。）

青年：直到今天，這個星期五，我覺得太陽，還在緩慢地碎裂。

這個星期五，當外婆家的聚會結束以後，我騎上機車，前往醫院。

怪物：一段五十公里長的濱海公路。

我們冒雨前進。

我們前進。

外婆：（停頓）好漫長的睡眠啊。

現在，我醒過來，張開眼。

我看見一個陌生人，和一隻陌生的動物。

蘇菲：沒有喔，阿嬤。

他自己一個人，離開妳的家。

現在，正要回去醫院看妳。

青年：中途，就在那艘貨輪擱淺的海岸邊，我暫停。

我下車，看見熟悉的海岸邊，如今，誰都不在了。

怪物：我們蹲在海岸邊，看海面上，那艘貨輪，還擱淺在原位。

依舊是攔腰折斷，兩頭歪斜。

青年：我看著海。

很久以後，我覺得那艘貨輪，很像就是某種海上的碎礁岩。

說不定，從我童年起，它就一直佇立在海面上了。

我看著。

（沉默。）

6.

（在外婆的家。）

外婆：我也許，真的熟睡太久了。

透過房間的窗戶，我看見他們，還蹲在原地不動。

這是一個夢嗎？

蘇菲：這也可以是一個夢喔。

妳可以當作自己，還沒有醒過來。

外婆：妳也是我，在夢裡認識的人嗎？

蘇菲：我是蘇菲。

一個柬埔寨人。

在妳們的島上，照顧妳們睡眠的那種人。

妳看，就在窗外——

青年：我蹲著看海。

記憶裡的死亡，總是以我為準。

童年的時候，我也總是蹲著。

那大概，是某種中介狀態，我預備著，隨時可以跳起來，或者，就這樣坐倒在地上。

我一直下不了決心。

怪物：我們或者，就蹲在沙地上看螞蟻。

或者，蹲在海邊數礁岩。

或者，我們蹲在菜園裡，外公挖掘的水塘邊。

日久天長，等著看蝌蚪，在水中，在我們的倒影裡，生出雙腳來。暫時，成為某種怪物。

青年：記憶裡，我蹲在外婆家的門口，這片空地上。

我看見上面，竹籬笆一路晃動。

一路上，有蝴蝶和金龜子在飛舞。

我知道，是我的外公，就要跳下來了。

怪物：我們的外公，正要從菜園跳下來。

（沉默。）

外婆：我聽見河水流動的聲音。

我一輩子，都不可能忘記的聲音。

蘇菲：妳的家，就在河谷的旁邊。

日夜不停的水聲，三年前，我花了一段時間才習慣。

外婆：從前，這一帶，都是梯田喔。

像樓梯一樣，梯田沿著河谷，漸漸往上爬。

蘇菲：他蓋的房子，就在其中的一個階梯。

外婆：妳見過他？

蘇菲：沒有。

我是代替他的人。

外婆：沒有多少人，會記得他了。

一個礦工，退休以後，去看守公墓。

他認得的死人，很早以前，就比活人還多了。

蘇菲：我來到這裡的時候，大部分梯田，已經都變成荒地了。

外婆：就是這樣，他才能蓋起自己的房子。

他還自己認領了一塊荒地，就在那裡，比房子高一梯。

蘇菲：我知道。

就在那裡，竹籬笆後面，菜園，瓜棚，還有水塘都還在。

媽媽會去種菜。

外婆：誰？

沒有什麼活人，會在附近走動了。

蘇菲：所以白天晚上，這河水流動的聲音，聽起來這麼響亮。

（沉默。）

外婆：妳看——他要跳下來了。

青年：蹲在空地上，我看見，從竹籬笆的缺口，外公跳下來了。

跳進一切的陰影裡。

怪物：我們的外公，在空地上，站直了身體。

看起來，比起剛落地的時候，好像也沒長高多少。

外婆：很瘦小的一個人喔。

從小就時常挨餓。

一輩子彎腰，賣力討生活。

沒有立場長高。

蘇菲：他有一雙很大的腳。

我知道。

青年：外公站直了身體。

外公，邁開他那雙厚大的赤腳，從我的眼前，一路拓開泥濘的腳印。像這樣，砰咚，砰咚，砰咚——

就這樣，直直踩進房子裡，到房子後面，去洗他的手和腳。

怪物：外公讓我們覺得，所謂的「房子」，只是某種概念。

或者，只是外公的生活裡，一條加蓋了違建的通道。

青年：記憶裡，我還可以聞到這種氣味。

外公通過了很久以後，陰影裡，還浮沉著泥土的氣味。

（沉默。）

7.

（在外公的菜園。）

外婆：妳聽——

隔著牆壁，他的腳步聲，還是這麼響亮。

蘇菲：好像這個安靜的家，是他一腳一腳踩出來的。

怪物：我一直很想擁有的，就是一雙像我們外公那樣的大腳。

青年：記憶裡，有時候，我錯覺自己，也曾經蹲在外公的菜園裡，這個水塘邊。看見過外公的腳底板。

最後，他決定在這裡躺下。我看著。

就像我曾經，更專注看著水中的倒影，目睹過，照著時間表，一定會到來的什麼。

怪物：就像我們，曾經模擬過外公的視線，看見過外公，最後所看見的事物。

青年：外公，最後會看見什麼呢？

如果，他把臉頰，就像這樣，貼在地面上？

怪物：我看見——

竹籬笆的縫隙裡，有一個概念上的「家」。

他一生勞動的成果。

青年：他看著這個「家」。

這樣，他能不能平安地死去呢？

怪物：也許，可以喔。

因為這個，正是那間違建，完工的最後步驟。

青年：他的死亡？

怪物：對。

那間房子，最後，可以用來停放他的屍體。

好像，到了守靈夜，房子裡，所有的梁柱、牆壁、門，才會真的落成。

青年：喔，我明白了。

那就像是外公那一代人，蓋自己房子的目的。

（沉默。）

青年：好舒服啊。

我可以像這樣，一直躺著嗎？

怪物：我們必須去看醫生。

青年：好。（暫時不動）

外婆：妳看——

隔著竹籬笆，他默默死去了。

說不定，他也看見我了。

蘇菲：其實，最後的最後，死者，是什麼也看不見的。

外婆：喔。

為什麼？

蘇菲：當死亡開始發生，我們的雙眼，會首先熄滅。

接著，我們全身，會被某種膜衣給包起來。

我們會失去觸覺。

最後，我們只能聽見聲音。

外婆：所以，就是河水流動的聲響。

他一生裡，最後的記憶？

就是這樣不停的水聲？

蘇菲：很久以後，我才習慣的聲音。

外婆：我永遠聽見的聲音。

（沉默。）

外婆：奇怪的是，我最先想不起來的，就是他說話的聲音。

就像他躲進自己，最後聽見的那個河谷了一樣。

青年：我聆聽河谷的空無。

從我小時候，直到今天，這個星期五，河水不停流。

我想起，我的外公是極簡主義大師。

即使，是在這個人人貧窮的地方，我的外公，都還能以節儉聞名。從來，連白開水都少喝。

怪物：大師死去以後，才真正在場了。

他存下的積蓄，精算起來，足夠令我們的外婆，繼續生活十年。

剛好，也就是整整的十年。

青年：他們，可能是我見過，默契最好的一對夫妻了。

雖然印象中，我沒見過他們，溝通任何有意義的話題。

怪物：就是這樣，蘇菲到來，聽見我們大師，最後聽見的水聲。

（沉默。）

外婆：妳看，這就是我最困惑的地方。
所以，他們到底是誰？

蘇菲：別擔心。
他們只是一些噪音。妳沒有辦法記得。
如果這不是一場夢的話。

青年：記得最早，是從我離開家鄉，去城市讀高中開始，我的外婆，就漸漸不認得我了。只是，出於習慣，每次見面，外婆，都會跟我的母親問起我。
問我返鄉了沒有。

怪物：直到後來，當我們，就站在母親身邊，外婆也還是這麼問。

青年：我能帶給外婆的，只剩下困惑了。

（沉默。）

青年：在這間房子裡，我，這個陌生人，藏在外婆的身後。
我隨著她的視線，看向門外。
陽光打亮了門外的一切。

怪物：你的感覺冷一點。
卻不必然，就比熱的清晰。

青年：也不盡然，就是錯覺。
像確實，正有什麼，在全然的安靜裡行走。

怪物：砰，咚，砰，咚——
像這樣的聲響。

青年：在陽光底下，泥濘的行走。

怪物：在泥濘裡，一雙大腳的行走。
你跟隨。

青年：金龜子和蝴蝶，又在遠方飛舞。
我一步一步跟隨。（離開）

怪物：你跟隨。
那是最早的一次，你意識到我的存在。

（沉默。）

8.

（在公墓。）

蘇菲：妳看——
曾經，有一個陌生人，這樣藏在妳的身後。

怪物：那個時候，妳已經不認得他了。

外婆：是啊，現在，我也看不見那個陌生人了。

蘇菲：就在妳的身邊，這個人的母親，告知了他一件事。

怪物：這個人的母親，也就是妳的女兒。
現在，妳也看不見妳的女兒了。

外婆：我好像，也早就忘了她是誰了。
她在這裡嗎？

（沉默。）

蘇菲：他的母親告知他，說去到公墓，給他的外公撿骨。
這才發現，墳墓被盜了。
怪物：公墓看守員的墳墓，竟然，在公墓裡被盜了。
妳還記得，這個看守員嗎？

（沉默。）

外婆：想不起來了。
蘇菲：妳感覺一下。
這裡。
這個盜墓的人，這樣，摸到了棺材的腰部。
他鑿開一個洞，伸出手，探進去棺材裡。
這樣。從看守員的手骨上，拔走了一枚戒指。
怪物：很簡單的盜墓手藝，收獲也簡單。
我們的極簡大師，死後的隨身財物，也就只有戒指一枚。
像是他勞苦一生，所結餘的舍利子。
蘇菲：但是，接下來，就不是手藝的問題了。
那個盜墓的人，沒有再把鑿開的洞補好。
時間過去，地下的土和水，全都倒灌進看守員的棺材裡了。

（沉默。）

怪物：一片泥濘。
在地底，看守員的骨架，塌陷在一片泥濘裡。
蘇菲：在妳的身邊，妳的女兒，告知了那個陌生人這件事。
怪物：她說——

為了撿骨，起開棺材時，公墓看守員，全身散落了一地。

在土裡，在水中，看起來，就像是冬天雨景的一部分。

蘇菲：在泥濘裡。

妳感覺到了嗎？

（沉默。）

外婆：我什麼都感覺不到了。

也早就，什麼都看不見了。

蘇菲：還能聽見水聲嗎？

在妳的家門口，河谷裡，那種不停的水流聲。

外婆：再也聽不見了。

這裡好安靜啊。

怪物：最後，是所謂的「安寧之家」。

外婆：喔。

我明白了。

蘇菲：來，擦擦臉。

安靜的水聲，從妳的眼睛流出來了。

阿嬤，現在，妳明白了什麼呢？

（沉默。）

外婆：如果這不是我的夢，這就是一個故事。

關於我的死亡。

蘇菲：好。

怪物：很好。

那現在，我們回家吧。

當我們將妳安放好，那個「家」，就會再一次落成。

（沉默。）

（燈光緩緩全滅。）

第三場

（燈光亮起。）

（在場角色：怪物，蘇菲，外婆，母親。）

9.

（在外婆的家。）

怪物：今天，這個「家」再次落成了。
這個星期五，大清早，我們的青年騎著摩托車，載著他的母親，來到通往外婆家的小路旁邊。

蘇菲：小路的右邊是河谷。
左邊，高高的地方，就是阿公的菜園。
這十年以來，由媽媽收養了的菜園。

怪物：我們的青年，看著母親下車，站直，拉長脖子，目測自己，和外婆家門口的距離。然後，母親就像個田徑選手那樣，站定位，調整呼吸，準備出發了。

蘇菲：出發以前，媽媽要青年騎車先走。
先到外婆家門口，臨時搭起的棚子裡，找到某種頭套，拿回來給她。

怪物：特定的一頂，白布綴苧麻樣式的頭套。
死者的女兒專用。

（沉默。）

蘇菲：對——

按照規定，死者的女兒，必須披頭蓋臉，一路匍匐前進。

一路痛哭，直到娘家的門口。

怪物：對。

可是，我們的青年，總是誤事的青年，在棚裡棚外亂竄。

一遍又一遍，他問遍了左鄰右舍，四方親鄰。

可是，他就是找不到，母親所形容的那頂頭套。

蘇菲：他很著急。

蝴蝶和金龜子，在他的頭上飛舞。

一整個生態系在頭上盤旋。

可是，他就是找不到死者女兒的頭套。

怪物：再一回頭，青年驚覺——

從很遠的地方，他的母親，已經一頭亂草，哭喊著，爬行過來了。

（沉默。）

蘇菲：媽媽說過，這個家沒有很安靜。

魚好像會說話。

怪物：（模仿母親）「也不只魚。」

蘇菲：遵守規定，她繼續爬行，繼續哭喊著固定的臺詞。

萬事萬物跟著她，全都一起放聲哭喊。

直到阿嬤伸手，把她扶了起來——

外婆：「妳好辛苦啊。」

我這麼說。

母親：沒事。

我比較熟練了這次。

外婆：十年過去了啊。

連妳都老了。

（沉默。）

怪物：今天，在去過公墓，埋葬完我們的外婆以後，我們回到這個家，為我們的外婆，舉辦散席宴。

蘇菲：這個時候，中午剛過，雨下不停。

雨水太重，棚子有一邊塌陷了。

大家趕緊去扶棚子。

臨時的爐灶，噴出水蒸氣，像是液態的火災。

這個散席宴，上最後一道菜以前，大家各自，默默離開了。

外婆：（停頓）這樣，大家就散了。

怪物：這也就是蘇菲妳，在這裡最後的工作了。

母親：蘇菲，來這邊休息。

蘇菲：好。

外婆：沒人了。最後一道菜了。

妳們自己吃吧。

要吃飽。

怪物：好啊。

蘇菲：沒有你。

你去看海了。

怪物：對喔。我都忘記了。

那我先去就定位。

母親：什麼？

蘇菲：有青蛙。

之類的。

母親：喔。好。

（沉默。）

外婆：快吃吧。

我剛剛好像看到他，騎車走了。

母親：回學校。

外婆：書還沒念完？

母親：書念不完。

外婆：我還記得，他讀到大學的時候，妳從這裡的車行，請人載了一輛摩托車去給他。我怎麼覺得，就是今天，我看到的這輛。

母親：是同一輛喔。

外婆：喔。

感覺好節儉，又好奢侈啊。

跟我一樣。

（沉默。）

10.

（在城市的街巷。）

怪物：（突然地）我是怪物！

沿海岸線奔馳，我是五十公里長的飢餓與孤獨。

在城市，大學畢業的那年夏天，我們的青年，用打工的積蓄，買了一臺照相機。最初階的數位相機。大概，就像這樣，手掌大小的一方黑盒子。

有一天，大清早，好像要遠行一樣，他背了乾糧和水壺，從當時，自己租住了幾年的一個房間出發。

他慢慢地，迂迴地，繞向自己想像中的遠方。

蘇菲：因為其實，他從來沒有搭過飛機。

沒有去過真正的「遠方」。

母親：什麼？

外婆：你的兒子，正在城市裡散步。

怪物：從這裡開始，走路能到的街巷，住在房間裡的那些年，他全都熟悉了。這使他，變成了人類史上最生疏的，準備離開的人。

每一次，當他拿出相機，拍下熟悉景物時，他就又延誤了真正的告別。

蘇菲：他像是還在原地。

只是時間離開他了。

母親：時間離開了他……

怪物：所有熟悉的景物，他都想收藏，在這個手掌大小的黑盒子裡。

還沒能走完所有熟悉的街巷，他抬頭，猛然發覺，竟然，已經是黃昏了。

蘇菲：他停下腳步。

他轉頭四望，覺得一切，都從他的身邊漂開了。

怪物：他低頭，探看自己的腳邊。終於，再也無法否認了——

我們的青年，清清楚楚地，看見了我的一雙大腳。

蘇菲：一雙怪物的腳。

外婆：一個超過時間的告別。

怪物：就是我。

一個永遠也不會離開的同伴。

蘇菲：一個怪物。

（沉默。）

母親：到底，是怎樣的一個怪物呢？

蘇菲：很難形容。

對不同的人而言，有不同的樣子。

對同一個人而言，也並不總是相同的樣子。

怪物：這是說——

對看得見我的人而言。

外婆：對現在的我而言，他就是一個平常人的樣子。

母親：就像我兒子的樣子？

蘇菲：不是。

那是唯一一種，他無法變成的樣子。

（沉默。）

怪物：對我們的青年而言，不管看不看得見，我始終都是存在的。

蘇菲：一開始，他還試著，想擺脫這個怪物。

怪物：那是在我，還沒有對他現形以前。

蘇菲：他又去找了書來讀。

怪物：很多的書。

有鑑於書上，很多人，都將這件事比喻成「戰爭」，我們的青年猜想，這必然，就是事情未來的發展——

有一天，他會找到方法，徹底殺死我。
或者，是我殺掉他。

蘇菲：原本，他以為自己還來得及，慢慢地練習謀殺他。

外婆：原來如此。
那個時候，他藏在我的身後，看向門外。
他應該是在慶幸自己，目前，還處在某種安靜的練習裡。

（沉默。）

蘇菲：就像「萬安演習」。
突然之間，整條馬路上，全都沒人了。
一切動作都暫停。他躲在某處，數算紅綠燈的秒數。
看紅燈沿馬路，從遠至近，翻成綠燈。

外婆：就像海浪一樣，從遠到近，翻過燈色。

怪物：整座城市涼風習習，注釋著無法形容的安靜。

母親：就像在看海？

蘇菲：就像「萬安演習」。

外婆：就像整個城市的熱鬧，才是關於安靜的個人練習。

（沉默。）

11.

（在青年的房間。）

母親：我聽不懂。

怪物：這時，一個熱鬧的城市黃昏，降臨到我們青年的眼前了。

他保持安靜，把相機收進背包裡，退回自己租住的房間裡。

這個房間，現在，憑我的記憶重建，歡迎大家，首度到訪——

蘇菲：城市的馬路旁邊，一條死巷，走到最底。

外婆：一棟舊公寓，樓梯間沒有鐵門。

母親：沒有信箱。

所有的信件，都被丟棄在樓梯上。

怪物：爬上去，都爬上去，到最底——

蘇菲：一間頂樓加蓋的鐵皮屋。

外婆：很長的走廊。

母親：木板隔間，隔了很多房間。

怪物：走進去，到最底——

母親：打開門。

這是什麼？

怪物：某種遺跡。

沿著牆，這個洞，可以放瓦斯桶。

這個平臺放瓦斯爐。

旁邊，是洗菜的水槽。

母親：這是什麼？

外婆：我想，這裡原本是個廚房。

怪物：沒錯。

母親：我知道。

蘇菲：還不錯。

洗手滿方便的。

（沉默。）

怪物：如果，下起像今天，這樣的大雨，整個房間會叮咚作響，像一首催眠曲，那是我們的青年，心裡最感到平安的時候。

把這張沙發床鋪開，他終於，可以好好睡覺了。

蘇菲：那個時候，他還試著想要擺脫你。

怪物：對。

那個時候，我還沒有形狀，時常一聲不響，比較像是周遭的空氣，或是我們的青年，隨身攜帶的陰影。

蘇菲：但是，你真的一直都在。

比方說，當凌晨，雨停了以後——

怪物：突然，他就清醒了。

還來不及想起剛剛作的夢，或意識到現實，他就已經知道，我一直都在旁邊。

外婆：怪物包圍他，或依偎著他。

怪物：我有體溫。

雖然，像是來自他的呼吸。

蘇菲：你比他腦中的語言快，又比語言確實。

怪物：所以說，我像空氣或影子。

妳們理解嗎？

（沉默。）

外婆：唉，任何人對這樣的事，都是理解的。

就算沒有語言這麼說。

就算怪物並不存在。

母親：我知道。

怪物：是嗎？

（沉默。）

蘇菲：但是，那個沒有形狀的你，已經不存在了？

怪物：那個蠻荒的年代，已經結束了。

從他帶著相機，走出房間的那一刻，開始結束。

外婆：從他刻意的告別行動起，開始結束。

蘇菲：那個黃昏，在某條街上，你看見自己，真的長好了雙腳。

怪物：我有了具體的形狀。

我還發現自己，竟然可以開口說話了。

外婆：現在，他想說——

怪物：再見，我們的外婆。

我們的母親。

再見，特別是妳，蘇菲。

我們不會再見面了。

請想念我。

（沉默。）

蘇菲：現在，你長好一雙健康的雙腳了。

外婆：但是，他已經又遲到了。

蘇菲：你必須追上他，沿著濱海公路，到海岸，去醫院。

外婆：就在今天，這個所有人一起，埋葬了我的星期五。

去吧。

怪物：好。（暫時不動）

母親：（停頓）去吧。

怪物：好。（離開）

（沉默。）

12.

（在城市的街巷。）

母親：他走了嗎？

蘇菲：他平安抵達醫院了。

妳們聽——

那場雨追上我們，下在城市的大街小巷。

外婆：叮咚，叮咚，鐵皮屋頂叮咚作響。

母親：這個城市，有很多的隔間，很多的走廊。

外婆：我的家，也像漂到很遠的地方了。

我再也回不去了。

（沉默。）

蘇菲：穿過城市的街巷，他冒著大雨，抵達醫院了。

在醫院的領藥櫃檯，他領到藥包了。

他拿出一顆嶄新的藥丸，放在手心，看藥丸慢慢變形。

他看著自己溼糊糊的手，感覺，就像領到了某個祕密房間的鑰匙。

外婆：他仔細讀藥包上面的說明。

上面，印滿了絕對沒有情緒的描述。

他像看著非常遙遠的回音。

蘇菲：他猜想，對他而言，這是好的——

一個人，不用說出自己的惡夢，就被應許了，可以不動聲色地好轉。

（沉默。）

母親：好。

這樣很好。

（沉默。）

（燈光緩緩全滅。）

第四場

（燈光亮起。）
（在場角色：蘇菲，外婆，母親，青年。）

13.

（在身心科診間。）

蘇菲：這是起點。這第一個星期五，天氣雨。
這場雨，有時候急，有時候緩，整天不停，下得很有耐心，耐心得無足輕重。抵達的時候，他沒有想到，醫院裡會有這麼多人。
不知道是因為雨天，或者，即便是下雨天。

外婆：他預約了身心科，第二診間。
他等了很久，終於進了診間，見到了醫生。
不過，他在裡頭，大概也只待了十五分鐘左右。
其中有五分鐘，是他自己一個人，在填一張量表。

蘇菲：只有一隻不存在的怪物陪伴他。
他對怪物說——

青年：請你學習蘇菲，不要多話。

蘇菲：好像我聽得見一樣。

外婆：好像我，就在旁邊熟睡一樣。

（沉默。）

蘇菲：大概，他回答得很充分了。
醫生看看量表，沒再多問，只說，會開藥給他。

外婆：是剛出廠的新藥，讓他試試。

蘇菲：藥有兩種。一種，如果感到焦慮，隨時可以吃。
另一種，固定在睡前吃，可以助眠。

外婆：這個時候，護理師湊過來，很親切跟他說——

蘇菲：「等一下領到藥以後，就可以先吃一顆了。」

外婆：他猜想，應該是指第一種藥。
他嘗試用微笑，回應護理師。

蘇菲：不幸的是，他用力過度了。

外婆：奇妙的是，走出診間，他突然好想掛在走道的牆上，沉沉睡上一覺。

青年：好久不見！
這麼凶猛的睡意，讓我好感動啊。

蘇菲：這個診間，也就最後再更之後，他們，會再回來的地方。
那個時候，我已經不在了。

（沉默。）

14.

（在醫院大廳。）

外婆：在醫院的大廳，他們坐著休息。
他們一起來看我。

母親：（停頓）不一定要一直看書喔。

在大廳，如果你仔細觀察的話，也會發現很多有趣的事。

青年：像是？

母親：前面那個年輕人啊，在跟他的姊姊講電話。他們爸爸的眼睛，有「黃斑部病變」，可是這種年紀開刀，會有中風的風險。醫生要他考慮一下。所以，年輕人就把醫生說的話，再跟姊姊報告一遍。

姊姊才能作決定。

青年：坐在旁邊的老人，就是他爸爸？

母親：嗯。

現在是上班時間，年輕人，卻有空陪爸爸，真難得。可是爸爸對他好凶啊，一直罵他。爸爸的白布鞋是新買的。可是皮帶脫皮了，姊姊還沒發現。或是還沒有空處理。

年輕人跟姊姊報告的時候，爸爸就安靜了。

青年：（停頓）有趣的點在哪裡？

母親：這就是要練習找的部分。

陪老年人看病啊，很辛苦的。

（沉默。）

青年：妳眼睛也不好？

母親：我前幾天啊——

青年：嗯哼。

母親：遇見了陳家其。

你的小學同學。

青年：喔。

母親：他問我，你現在在做什麼。

我不知道要怎麼說。

所以你現在在做什麼？

（沉默。）

母親：陳家其啊，生兩個小孩了。

青年：我看到妳買很多嬰兒用品。

暗示很清楚了。

母親：不是喔，那些我有別的用。

比起暗示你啊，我可能會直接講——

「如果你不過正常人的生活，以後你爸會罵我。」

直接講最省錢了。

（沉默。）

青年：這個滿有趣的。

母親：什麼？

青年：我現在在想啊——

母親：嗯。

青年：我爸，不是葬在海邊的公墓嗎？

從他的墳墓，如果妳抬頭遠看，從公路的涵洞看進去，妳會看見一個正方形的海灘，很像一幅風景畫喔。遠遠看的話。

只看海灘的話。

母親：是說你爸很享受？

青年：不是。

是說那兩次啊，我都還是個小孩子，都被妳支開，去那片海灘看海了。所以，我其實沒有親眼看見，他們，是怎麼埋葬了我爸，過幾年以後，又把他挖出來撿骨。

然後，再埋葬一次。

（沉默。）

青年：可是啊，那片海灘，其實還滿可怕的——

什麼垃圾都有喔。就像很多的家庭，都在那裡，一起被壓爛了一樣。那兩次，除了我，只有掉毛的流浪狗，會在那裡走動。那些狗啊，還滿常跑上去濱海公路遊蕩的。然後，就被車子輾死在路上了。關於具體的死亡，我只親眼看過這些。流浪狗形狀的。煎餅形狀的。

可是，其實是妳，更近距離地，看過很多更具體的死亡。

對吧？妳看過——很多年以後，爛掉的棺材裡，比方說，腿骨的紋路，鬆脫的下顎，流光的腦漿。什麼的。妳卻把他們想成，還是神智清楚的樣子。

母親：聽不懂。

是有責怪我的意思嗎？

青年：不是。

我是想說，被妳開過棺材、撿過骨頭的人，不可能，還有語言可以罵妳。

（沉默。）

青年：不好笑？

那，妳知道「粒線體」是什麼嗎？

我在書裡讀過。

母親：我只讀過小學。

而且沒讀完。

青年：對不起。

那陳家其現在在做什麼？

（沉默。）

15.

（在公墓。）

蘇菲：他是想說，有一個母親，所有人的母親，像是某種沉睡的嬰靈，早在我們出生之前十萬年，就潛伏在我們的細胞裡了。

外婆：這個母親，只等待未來，當考古學家掘開公墓，取出我們的骸骨時，她，就會再度被喚醒。

蘇菲：從顯微鏡裡，她會證明——

我們任何人，和世上所有人，都只有奈米等級的差別。

外婆：我們不外乎，都是她的已經消亡的後裔。

蘇菲：「十萬年以來，誰生的都好，都是一樣的。」

如果還有可能重逢，任何鬼魂，都可以這麼說嘴。

（沉默。）

外婆：就像今天，這個星期五。

正中午，燒完最後一刀紙錢以後，他幾乎確定——

這應該是最後一次，他來到這個公墓了。

蘇菲：這也是第一次，我來到這個公墓。

外婆：他也感覺自己，像有一輩子那麼久，沒有回來這個公墓了。
他都不知道，公墓的範圍，已經蔓延開來，都跟旁邊的中學，
緊緊貼在一起了。

蘇菲：阿嬤妳，就像被埋在學校的圍牆底下一樣。

母親：午休時間，四樓高的校舍，站滿了穿同樣制服的人。
好像全校的學生，都來看我，埋葬我母親。

青年：四樓高的校舍，窗洞裡，欄杆上，一動不動，張掛著許多制服。
我從公墓回望，看那棟校舍，像看著某種邊境的檢查站。
也許，家鄉的這所中學，最適合我就讀。

（沉默。）

母親：我看見——
蘇菲就站在這裡，和我的母親說話。

蘇菲：阿嬤妳，照不到太陽。

外婆：如果這不是我的故事，這就是一個夢。
關於我的死亡。

母親：我看見——
在大雨落下以前，我的母親伸出手，擁抱了蘇菲。

外婆：夏天就要來臨了，蘇菲。
我知道。

青年：從很遠的地方，大雨，開始落下了。

外婆：我預言——
再過幾天，天氣就會完全放晴。蘇菲妳啊，將會回到妳的家鄉，

在那裡，等候著，要成為全部東埔寨人裡頭，最新的那個外婆。
在那之前，妳這個母親，將會在海面上飛行。
在那之前，從我們這個偏僻的鄉下，蘇菲妳，將會搭上計程車，直奔飛機場。
再見，蘇菲。

蘇菲：夏天就要來臨了。

（沉默。）

青年：在外婆的墳墓邊，比我更加確定——
蘇菲她知道，這是第一次，也是最後一次，她來到這個公墓了。

母親：大雨落到眼前了。

青年：就在我們除掉身上的喪服，正要走出公墓的時候。

蘇菲：告別的時候到了。
阿嬤再見。

外婆：走吧，蘇菲。

蘇菲：好。（暫時不動）

母親：（停頓）蘇菲，走吧。

蘇菲：好。（離開）

（沉默。）

外婆：蘇菲走了。

青年：當我們除掉喪服，一一走出公墓時，雨勢增大了。
我看母親，正獨自捉摸著腳下的道路，毫不閃避雨勢，神情格外專注。在心中，我靜靜為她拍照。我猜想，會不會，她也正不動聲色地念想——大雨落下了，像從此刻開始，我的外婆，才終於安歇了。

外婆： 會要多久、再要多少我不會經歷的時間，冷雨，才會浸穿到我的全身。

青年： 冷雨浸穿他們全身。

一如在我母親的記憶裡，一切死去的人那樣。

（沉默。）

母親： 我沒有這麼想。

除掉喪服，我和蘇菲，手挽著手，小心彼此的腳步。

蘇菲，所有最新的衣服都給妳。

所有我在醫院外面商店街，找到的祝福。

都送給妳。

外婆： 我的女兒，還沒有發覺——

蘇菲，已經消失在雨中了。

青年： 所有的探視，在「安寧之家」，粉紅色的空氣裡——

外婆： 活人的世界，盛大地路過我。

醫師研究我。護理師照料我。

學生以我為教材，學習我。

青年： 妳的女兒，都在一旁陪坐，像是活人世界裡的陌生人。

外婆： 在我自己的家裡——

青年： 從山上，河水穿流過荒地，直奔到大海。

外婆： 一隻青蛙，在我的床板底下，陪伴我沉睡。

只在靜夜裡，牠才會說話。

母親： 我都仔細聽著。

我和蘇菲，小心彼此的腳步。

（沉默。）

16.

（在醫院大廳。）

外婆：在醫院的大廳，你們坐著休息。
你們一起來看我。

母親：（停頓）我只讀過小學。

青年：關於陳家其啊，我是想說——
那個時候，在山上的那間小學，時間很慢。我們卻迫不及待。
當放學的鐘聲響起，我們滾下山路，連書包都忘了拿。

母親：那是一條崎嶇的山路。

青年：卻像一條到處都遺棄了寶藏的山路。

外婆：整座被挖翻了的山，躺倒在山路旁。

母親：你們離開山路，走自己發明的，尋寶的道路。

青年：我們裝了滿口袋的寶石，一身野草，慢慢晃回家。
時間真的很慢。每次，當我們抬頭，雲還在高高的天邊。
太陽還是很害羞，把自己，散成了烏雲的光芒。

外婆：時間很慢。
當你回到家，你看見自己的書包，已經比你先到家了。

母親：時間過去了這麼多，但是你，還是小學生。
被祝福了，擁有了什麼也不會失去的自由。

青年：就好像——

當我回到家，睡了一個長長的午覺，醒過來以後，我會發現自己，還在小學裡。

母親：這樣很好。

（沉默。）

青年：只是，我發現我把事情想錯了。

其實是妳，只有妳一個人，還在那樣具體的學習裡。

母親：什麼意思？

外婆：學校的範圍，已經蔓延開來，覆蓋了所有的荒地。

青年：是這樣的——

有的時候啊，我會看見妳滿頭亂草，從荒地裡鑽出來。

妳帶著微笑，衷心快樂的樣子。

妳的樣子提醒我，千萬要記住，他們是確實死去了。

（沉默。）

母親：這是我嗎？

現在，你以為自己理解了的這個人。

（沉默。）

（燈光緩緩全滅。）

第五場

17.

（在場角色：外婆，母親，青年，怪物。）

（在母親的家。）

外婆：這是她的家。
在另一個荒地上，由另一個礦工，所搭蓋的另一個違建。

母親：時間一直前進。我坐著不動。
我坐在這裡，像在等待這個違建，再一次落成。

外婆：今年開春，她去濱海街上，接回了媽祖婆。
她收養了大半輩子的一個神靈。

母親：這是一尊粉漆的木雕像。
整天，呆坐在我家客廳裡，神桌上。

外婆：媽祖婆觀望一切的表情，永遠，像是海難就要發生一樣。

母親：所以，每隔幾年，我就帶她去街上，重新做臉，換衣服。

外婆：她接回媽祖婆，再將媽祖婆，囚禁在神龕裡。
神龕的右邊，就是這另一個礦工之家，歷代男祖的牌位。

怪物：聽說，我們家歷代的男祖，每一隻靈魂的三分之一，都被永遠，收藏在牌位裡頭了。

（沉默。）

外婆：她點燃了線香，祭拜神像和牌位。

怪物：那個牌位，限定只能收容男性的靈魂。

因此邏輯上，當我們的母親過世，那張神桌，將不會收容她，哪怕只是一絲魂魄。

外婆：雖然，如果不是她，那滿桌的神靈，早就全部失去寄生的場地了。

怪物：但我們的男祖們，卻不知道要敬畏她。

開春以後，那些即將一一降臨，來接受祭拜的鬼神們，也全都同樣無知。不知道，事實上，在這片荒地上，正是因為我們的母親，才有了節氣的分別，和星辰的應許。

外婆：這就是她。

我的女兒。

（沉默。）

外婆：今年開春以後，我的某個近親，不知道為什麼，過世了。

法院傳來了公告，說這個近親，留下的土地，業經微分，再微分。其中，有一小塊，轉為我的女兒所有了。

母親：長得就像公文的掛號信，總是讓我膽戰心驚。

外婆：她打了電話，給她的兒子。

在電話上，好不容易，兒子才讓她明白了公文的意思。

她不確定，這到底算是好事？還是壞事？

母親：那個時候，掛掉電話，在自己的家裡，我看著這封掛號信。

又想了半天，我才想清楚這個過世的人，和我自己的親戚關係。

怪物：弄清楚了以後，很快，她就忘掉這件事了。

（沉默。）

外婆：現在，電話又響起了——

母親：今天，這個星期五的下午。

雨下個不停。我接起電話。

他說，他到學校了。

（沉默。）

母親：掛掉電話以後，我看看牆上的時鐘。

他已經遲到了。

外婆：他遲到了。

但是，已經無所謂了。

（沉默。）

18.

（在「安寧之家」。）

外婆：無所謂。他們，走進「安寧之家」的病房裡。

繼續從去年冬天開始，他們對我的探望。

青年：這時，這間病房裡，已經又住滿了四個病人。

怪物：來吧，我們繼續跟外婆，報告我們家鄉的新聞。

青年：親愛的外婆，是這樣的，今天，我們舉辦了妳的葬禮。

（沉默。）

怪物：來吧，蘇菲妳，就靜靜站在這裡。

青年：對。

就在剛剛，蘇菲妳，靜靜地，站在輓聯和輓聯之間。

完全，就像我只在書裡讀過的，那些倖存的柬埔寨人一樣。

怪物：就是說——蘇菲妳的表情很淡然。

經過一再的見證，妳想必，早就不會被死亡給驚嚇到了。

青年：妳就像河谷裡，一隻瘦瘦的水鳥，佇立在暗影和火光之間。

怪物：妳，讓妳所照顧過的睡眠，也棲息在光年尺度裡，像是從來沒有移動過一樣。

就像我們的外婆，現在，還躺在這塊草莓蛋糕裡一樣。

青年：就像我現在，在「安寧之家」裡看到的一樣——

在我的眼前，一個認識的人也沒有了。

（沉默。）

外婆：這就是我們的怪物，一生的妄想。

他已經長好了一雙厚大的腳。

現在，他盼望自己，也可以說出創世等級的話語。

母親：就像曾經，他聽過的一切簡短句子一樣。

外婆：就像是蘇菲，曾經淡然告知我的女兒——

母親：而我，轉告給了我的兒子——

外婆：最後的最後，就在這個「安寧之家」，這張病床上——

怪物：我們的外婆，不停地流淚。

青年：像有知有覺，在獨自默默地，送別生命離開了她自己。

母親：我都仔細聽著。

沒有人會說，這裡住了五個病人。

（沉默。）

19.

（在海邊。）

青年：現在，外婆從來沒見過的冰川，都在她的眼裡溶解了。

怪物：散席宴後，我們蹲在海邊，看冷雨，再次清洗我們的家鄉。

外婆：清洗我的漫長睡眠。

我的沒有活過的年歲。

怪物：那艘貨輪還在原位。

依舊攔腰折斷，兩頭歪斜。

青年：從我童年起，它就一直佇立在海面上了。

（沉默。）

怪物：某個人，也故去了。

一個童年時代，我們也許見過的人。

我們的母親，得到一塊故土。

面積像盆栽，也許，可以種一朵花。

青年：我的母親，總是負責轉告死訊給我。

外婆：散席的午後，濱海的半路，他想起——

青年：是這樣的，現在起，母親妳，也是一個無父無母的人了。

我聽說，失去父母，與喪子，是兩種無法類比的哀慟。

怪物：失去父母以後，只要自己的生命寬許，只要自己的年紀，越過父母死去時的歲數，人們，是終於可以克服的。
但是喪子，代表了餘生裡，只會更愈偏遠的隔閡。

（沉默。）

青年：我讀過的書裡，老早就這麼寫了。
外婆：你記住了嗎？

（沉默。）

20.

（在「安寧之家」。）

外婆：現在，散席的午後，濱海的半路，他還蹲在原地。
那艘船也還在原位。
母親：船早就擱淺了。
也沒有，可以接引妳的航班了。
外婆：我知道。
只有學校的鐘聲，會一天一天陪伴我。
那麼，再見了。（躺下）
母親：再見。在「安寧之家」的病床上，妳躺好了。
我幫妳蓋上棉被，幫助妳保暖。
直到暴雨順利穿透妳全身。
直到死後的時間，也順利離開妳。

或者，直到我不再能夠回來看妳。
再見。

（沉默。）

青年：（模仿母親）「好安靜。」
現在，在我父親留下的違建裡，在我母親的夢裡頭，我就會再一次，走出我的外婆，在「安寧之家」的病房。
我將會想像，這個上班日，外面，在雨中，焚化爐的煙塵與惡臭，正在窗外飄散。還將要再更長久地飄散。

怪物：就在這裡，這個安寧的長廊，我們最後的立足點。
我們這麼想像。

母親：我接到電話了。
你已經報過平安了。

（沉默。）

青年：我很平安。

怪物：就這樣，長長久久，我們掛在「安寧之家」的走道上。
等待空調，風乾粉紅色的我們自己。

青年：像等待從去年冬天開始。
或者，是從那第一個星期五開始。
直到今天，這個星期五，雨水的過境。

母親：你已經遲到了。
但你知道，其實無妨的。
因為見到你的人，並不介意你渾身溼透。

在那另一棟樓，那個身心科診間的內外。

怪物：尤其是醫師，舉目所及，他最無暇在意這種事。

青年：但是，我只是以為，身為一朵想像花朵的後代。

怪物：一頭揚長求生的怪物。

母親：這就是現在，你最應該專注對待的一件事。

這就是比起最後，再更以後，你的起點。

（沉默。）

青年：好。

怪物：我們知道了。

（很長的沉默。）

（燈光緩緩全滅。）

（全劇終。）

【附錄】小事

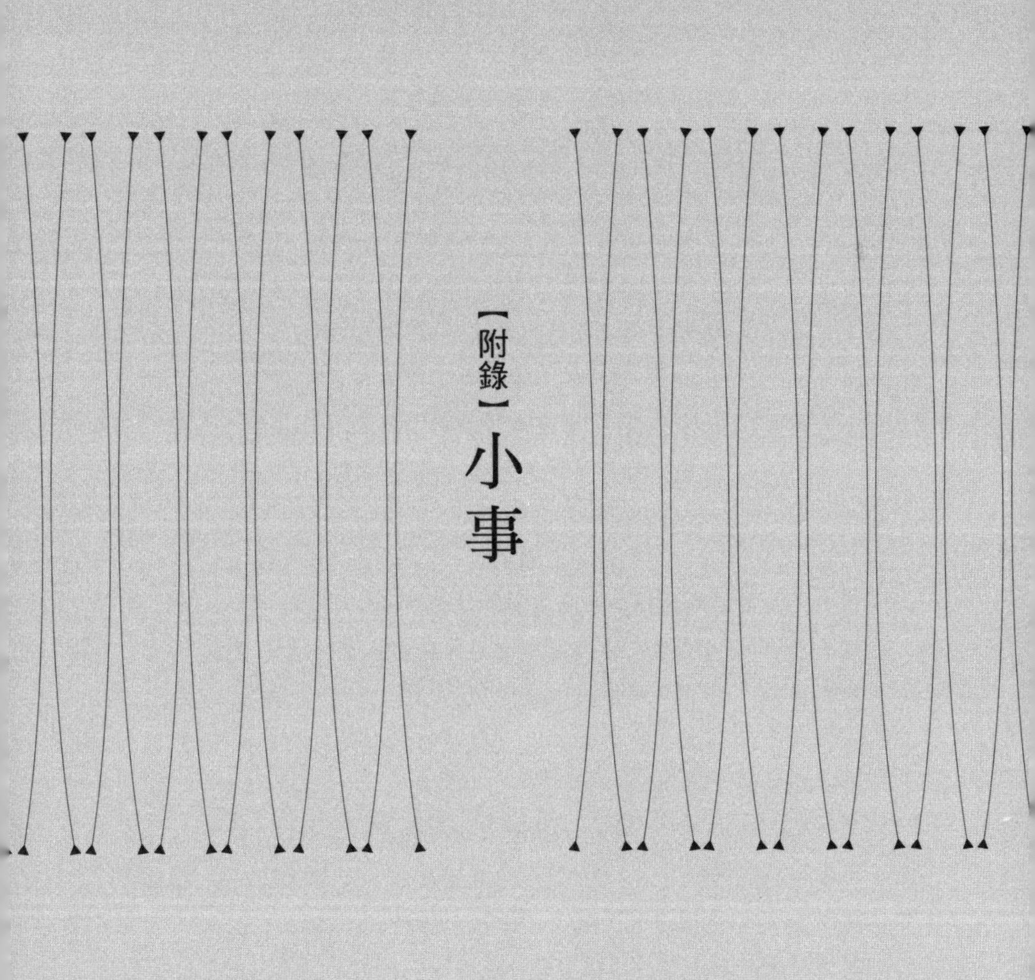

時間

第一幕：二十一世紀初，某年十月

第二幕：距第一幕一星期後

第三幕：距第一幕一年後

第四幕：距第一幕三年後

角色

父親：退役軍官，第一幕時五十八歲

兒子：第一幕時二十九歲

女兒：小學老師，第一幕時二十六歲

叔叔：第二幕時五十二歲

女人：第二幕時三十七歲

林坤佐：業務員，兒子高中同學

場景

本劇發生於某大城城郊的一處舊社區裡。

舞臺場景為一間尋常的客廳。由於客廳所在的平房，從劇初到劇末的三年裡，都傳說不日將被拆除，因此，客廳內的家具（椅子、茶几、餐桌等）以一種浮動的、屈從於各幕當時生活軌跡的方式堆置。

上舞臺有一扇很大的窗戶，餐桌上始終擺著一具電話。

舞臺進出口有二：左，一扇大門通往屋外，大門在第一、三幕開始時是開啟的，在第二、四幕開始時是關上的；右，一處通往廚房及平房內其他房間的通道。

第一幕

（十月，大水剛退，一個清冷、微雨的星期天午後。）

（幕啟時，兒子穿冬季衣物，站在窗前，看著窗外。父親穿夏季衣物，背對兒子坐著，翻讀一本破舊的日記本。）

兒子：我有時候會想——如果，我可以把我現在這個腦袋，裝在從前的我脖子上，再去經歷一次童年，那不知道該有多好！那時候，完全不必回憶，我張開眼睛，所有一切就在我眼前發生，而且，我馬上就能明白一切的意義到底在哪裡……

父親：你後悔了。「少小不努力，老大徒傷悲」啊！

兒子：（停頓）你真是聊天高手。

父親：該回來了吧……

兒子：冷靜點。

父親：我不懂。我記得，她小時候，明明很活潑、很開朗的嘛！每次有人問她：「妳長大以後要做什麼呀？」她總是回答：「我要當老師，照顧小朋友。」（停頓）後來，她長大了，果然就成了小學老師。就像是……就像是……

兒子：就像一齣篇幅太短的喜劇，你連笑都來不及就結束了。

父親：對，笑都來不及了，怎麼還會這樣呢？（停頓）我想，我們還是應該去學校找她。

兒子：這種事，在家裡談比較好吧！

父親：是嗎？（停頓）可是，萬一……

兒子：她會回來的，相信我。

（沉默。兒子朝窗外輕揮手，像與遠處路過的熟人打招呼。）

父親：小學能有多大，怎麼打掃這麼久？

兒子：你的偶像們剛剛出門了。

父親：誰？

兒子：王伯伯，還有王建豪。（停頓）父子倆，各自背著背包，不知道要去哪裡。下著毛毛雨，可是兩個人都沒有撐傘。好奇怪，他們看起來很開心的樣子。

父親：他們很開心嗎？

兒子：看起來是。

父親：（停頓）你想，請你王伯伯、王伯母到家裡來，給她開導開導，行嗎？

兒子：（模仿語氣）「小妹啊！聽妳王伯伯勸——妳要有堅強的信仰，妳要懂得忍耐，妳要平靜地度過每日每夜。這樣，在未來的國裡，妳就會得到赦免。來！王伯伯給妳畫個十字架——讚美主！祝福妳！阿門！」（停頓）你覺得怎樣？有沒有比較舒服一點。

（沉默。父親看看客廳。）

父親：老天！淹什麼水！好像嫌人的麻煩還不過多似的！

兒子：你應該高興的——至少，大水拖延了拆除大隊的進度。

父親：荒唐！等到他們出現在大門口那天，我一定給他們點顏色瞧！（停頓，望大門外）怎麼還不回來？

兒子：老爹，你覺得，我叔叔還會回來嗎？

父親：（停頓）怎麼不會？

兒子：他離家出走的時候，我在場喔。（停頓）就在這裡，就在這扇窗戶前面，我看著他，背著背包，從窗戶外面走過去。「叔叔，你要去哪裡啊？」我大聲喊他。他聽見了，慢慢走過來。隔著窗戶，他跟我說，沒事，他只是想走了，因為他發現，如果我們可以站在一個比較高的地方，去看這個世界，那這個世界就其實一點問題也沒有了——什麼誰愛誰、誰恨誰、誰跟誰有關係，誰心裡有問題……只要我們站得夠高，和什麼都保持一段距離，我們就根本不必在乎那些的。（停頓）他說：「你就當我是出門去爬山好了。」

父親：「爬山」！什麼山可以一爬十二年不必下來？

兒子：那不是重點！

父親：怎麼不是重點？一個人，能有幾個十二年？

兒子：重點是——我在想，今天如果叔叔在的話，他會怎麼處理這件事？

（沉默。）

父親：他能怎麼處理？他在不在乎都還是個問題。

兒子：也許，愈不在乎的人，愈知道該怎麼做。老實承認吧——這種事，你沒辦法，我也沒辦法。

父親：那怎麼辦？這裡只有我們兩個人，不是你來，就是我來……

兒子：饒了我吧！依我看，這根本是玩笑一場，不必當真。

父親：你怎麼搞的？現在是你妹妹，寫了這樣厚厚一本日記，說她想自殺！你知道了，還當玩笑看？

兒子：你注意到了嗎？這本日記，是八年前寫的。

父親：（停頓）那又怎麼樣？

兒子：裡面沒有實際細節、沒有確切的背景描述，有的，只是某種一心自我毀滅的模糊情緒。老爹，如果每個年輕時曾經那樣想過的人，都真的那樣做了，這個世界，早就不存在了。（停頓）真的，我們就把這本日記偷偷藏回去，裝作我們兩個都沒看見，那事情就解決了。

父親：怎麼能這樣？

兒子：怎麼不能？這本日記，她能藏多久，我們就藏多久，時間過完就沒事了。時間反正很快就會過完的——你自己不是都說了嗎？一個人，能有幾個十二年？

父親：老天！我有時候真想殺了你！

兒子：請不要搶走我的工作。

父親：（停頓）算了，我自己想辦法。指望你，就像指望你叔叔一樣，完全是白費一場。（坐下，繼續翻讀日記）

（女兒由大門上。她穿戴紅頭巾、橙運動服、黃橡皮手套、綠雨鞋，下巴搭著藍口罩。每件東西都是日常慣用的，是因為它們同時出現，才顯得奇怪。）

女兒：我回來了！

父親：這麼快！（藏日記本）妳回來幹什麼？

兒子：冷靜一點。

女兒：我回來拿水桶，學校的不夠用。（停頓）怎麼了？

父親：快去、快去！（停頓）回來！（停頓）小妹，妳過來，這邊坐。

兒子：溫和一點。

父親：過來。他！你哥有話跟妳說。

兒子：我？

（沉默。）

兒子：我？

父親：鎮定一點，坐好。

（三人對坐。沉默。）

女兒：（看看父親）你不冷嗎？（停頓，看看兒子）你不熱嗎？

兒子：妳在模仿彩虹嗎？

父親：（敲兒子頭）嚴肅一點！

女兒：（停頓，笑）這次的水災好嚴重。我班上有個學生，他和他媽媽，租人家的地下室住。結果，那天，水像沖馬桶一樣從上面灌下來……（停頓）他功課很好的，總是考第一名。（停頓）我們家運氣真好，對吧？只有家具泡到一點水。現在，水退了，我們還可以像現在這樣坐在一起聊聊天……

父親：後來呢？

女兒：嗯？

父親：水灌下來了，然後呢？妳的學生和他媽媽……

女兒：然後，他媽媽只好帶他去住他爸爸家了。

父親：啊？

兒子：好可憐。

父親：誰？

兒子：房東。

父親：（停頓）啊？

（沉默。）

女兒：（笑）學校的操場上、教室裡，到處都是泥巴，地上好滑，男老師們全都打赤腳。真好玩——好像在遊戲、好像一切都不是真的一樣。（停頓）那天，水退走的時候，我趕去學校看。一路上，有一個小木盒，好像故意跟著我一樣，沿著水流，慢慢在我後面漂著。我只好撿起來了。（停頓）你們知道盒子裡面裝了什麼嗎？

父親：妳不該亂撿東西的！

女兒：沒事的。我打開小木盒，發現裡面裝了一顆顆橡皮圖章，是里長辦公室的印鑑。（停頓）我還以為，等一下，里長的屍體也會跟著漂回來。

兒子：沒有嗎？

女兒：沒有。我在校門口等了很久，可是，什麼也沒有再回來了。

（沉默。）

女兒：（笑，對父親）學校後山的樹林，還是一片綠油油的喔！（對兒子）對吧？（停頓）剛剛，我在學校裡一邊打掃，一邊還想著後山上那一棵棵小樹，顯得那樣安靜、那樣自由的樣子。我在心裡想——真好，在這個世界上，總還是會存在著一些給人希望的地方的，雖然什麼也不能確定，但是……

兒子：有件事情我可以確定。

女兒：（笑）什麼事？

兒子：妳再這樣笑一次，我就會死掉。

（沉默。）

女兒：（摘下頭巾，隨意整理，笑）這條頭巾，是去年聖誕節，一位姊妹送給我的，她說我是「瑪麗亞」。（停頓）我不確定是哪一個——聖母，還是菲傭？

兒子：兩者都是。加上老師，三位一體。（停頓）對不起。

女兒：（笑）道歉是沒有意義的——除非，你真的真心為自己感到慚愧。

兒子：（停頓）我每天都「真的真心」為自己感到慚愧，慚愧得要死。我只是沒有力氣寫下來。

女兒：什麼意思？

父親：夠了！（對兒子）走開！你走開！

兒子：這太難堪了！（站起，走到窗前）

（沉默。）

父親：嗯……這個頭巾，很好看，很像是……嗯……紅色的……

兒子：真會形容！

父親：妳說的那位姊妹，妳想，我們能不能請她來家裡，聊聊天？

女兒：沒辦法。我已經和她絕交了。（停頓）她是個大花癡。

父親：（停頓）是嗎？（停頓）那……妳還有沒有其他比較要好的朋友？

（沉默。）

父親：是嗎？（停頓）沒關係，沒有朋友也是不要緊的。（停頓）聽爸說，這個人生嘛，就好比是爬山……

兒子：哈！「爬山」！

父親：就好比是爬山。山很高、路很陡，每個人的步伐都不一樣，遲早，妳總是會自己一個人的。（停頓）妳知道爸爸年輕時唯一想做的事情是什麼嗎？是成為一位偉大的作家，寫可以影響人心的作品……後來，實在寫不出來……後來，妳奶奶又離家出走，跟別的男人跑了……後來，我實在不想留在家裡，跟你爺爺整天吹鬍子瞪眼睛的，就從軍去了。爸爸想——至少我這條命，對大家還有點用處。怎麼知道？爸爸一直幹到退休，從來就沒機會真的上戰場……（停頓）妳看，人生嘛，並不總是可以心想事成的……是要到現在，爸爸才知道問題出在哪裡了——問題就在，像爸爸這種平常人，其實只要平平安安、順順當當過自己的日子就很好了。別人如果嫌妳自私，那是他們不了解妳，妳明白嗎？

女兒：明白——每個人，都有自己的十字架。

兒子：「十字架」！

父親：（停頓）差不多就這意思。所以，放寬心，別想太多，尤其不要太為難自己。

女兒：我沒有為難自己。

父親：（停頓）是嗎？那很好。那很好。（停頓）這幾天，爸爸忙著整理家裡，把東西歸位。一些以前的信件、舊獎章、舊筆記什麼的，都不知道從哪裡一箱一箱冒出來了。爸爸邊整理，邊看看，可是愈看愈迷糊、愈看心裡愈害怕——我真是想不通，我年輕的時候，怎麼敢這麼天真呢？（停頓）現在，怎麼看，我的人生都像是一場意外……誤會一場……可是……究竟是……為什麼……

（沉默。）

女兒：爸，沒事吧？
父親：我突然覺得，怪怪的，不是很舒服。
女兒：我幫你倒杯水。
父親：不用。妳不是很忙嗎？快走吧。

（沉默。）

父親：走吧，走吧。（停頓）等一下妳會回來吧？
女兒：嗯。
父親：那好，沒事了。

（女兒起身，整整儀容，由廚房下。父親與兒子看著。沉默。）

父親：想笑的話，不要憋著。
兒子：放心，我不會的。

（舞臺外，傳來門打開又關上的聲音。）

兒子：她從後門溜走了。真聰明。

（沉默。）

父親：你很不錯，學得真徹底。
兒子：什麼東西？

父親：你叔叔。你的口氣、你的表情，還有你那副全世界都錯了的德性，都太像他了。

兒子：（停頓）謝謝！謝謝！我今天會得這個「最佳丑角獎」，最要感謝的人，就是生下我的老爹。請務必容許我親吻您的手！

父親：滾開！

兒子：嘿！小心，我會記住的喔！如果我也有寫日記的習慣，今天晚上，我就會躲在被窩裡，一邊哭，一邊寫說——今天，我想親我老爹的手，可是我老爹跟我說：「（模仿語調）滾開！」

父親：我懂了——如果我不是你爸，你大概會像樣一點。（停頓）什麼道理——留下來，一天一天老老實實盡義務的人，連自己的兒子都未必看得起他。可是，那些什麼責任也不肯負，成天晃蕩的人，卻被人當英雄一樣崇拜？

兒子：你不懂。

父親：廢話。我要是懂的話，我老早背起背包，出門流浪去了！

（沉默。）

兒子：跟你說一件事，你聽完以後，行行好，別再拿你女兒的事情煩我了——其實，今天早上，我去學校找過她了。

父親：（停頓）是嗎？（停頓）怎麼樣？

兒子：不怎麼樣。我找到她，我跟她說：「嘿！妳知道嗎？我剛剛讀完了一本書喔，書裡面有一個人，一直說她想死。」她聽了，想了想，聳聳肩，告訴我說：「我看過三萬六千本這樣的書。」（停頓）她只差沒說，她自己也寫了一本。

父親：（停頓）後來呢？

兒子：我陪她在學校後山走了一下。雜木林裡很安靜，一個人也沒有，所有的植物，都像被空氣洗過一樣，從內心裡發出乾淨極了的顏色。（停頓）老爹，改天你一定要上山去看一下——當風吹過時，各種亮晶晶的樹葉會從天空飄落、飄浮著，靜靜落到山路上，實在太美了……

父親：講重點！

兒子：（停頓）我跟她走在山路上，走過山頂一座涼亭，再從山的另一邊走下來。遠遠的，我們看見山腳下有一面湖。平常的時候，會有人在湖邊釣魚，但是今天，一個人也沒有。

父親：廢話——如果你家剛淹過水，你會有心情釣魚嗎？

兒子：我告訴你女兒，在這個世界上，我最痛恨的一種運動，就是釣魚。魚如果會講話，當牠被魚勾勾住、被魚線拉起來，在半空中翻轉的時候，牠一定會喊：「我好痛苦！我好痛苦！我好痛苦！」

父親：你跟她講這個幹什麼？

兒子：不要激動，我只是開玩笑、隨便亂扯而已。只是，你知道她怎麼回答我的嗎？她臉上又露出那種好像用電焊焊上去一樣的笑容，她說：「（模仿語調）哥，你錯了，魚不會痛的——上帝知道人會釣魚，因此，祂造魚的時候，讓魚們的嘴巴都沒有神經。」（停頓）我當場被嚇傻了。老實說，從長耳朵以來，我還沒有聽過這麼恐怖的事。（停頓）我完全無話可說了，我跟著她走回學校裡。我坐在教室裡，一張課桌上，看她用拖把拖教室地板。（停頓）你可以想像嗎？你女兒把一根底端是圓筒海綿的拖把，戳進一個紅色的水桶裡，把溼淋淋的拖把提起來，用旁邊的開關用力一擠，髒水全進了桶子裡，把拖把在磨石子地上劃過去又劃回來，地板看起來沒什麼差別，海綿又髒了……

父親：我知道「拖地」是怎麼回事！

兒子：我告訴她：「妳們學校該買新拖把了吧！」她說：「你要出錢嗎？」我說：「我沒有錢。」（停頓）她跟我說：「那你就少廢話！」

父親：說的對！

兒子：我看著她，那樣徒勞地在教室裡來來去去的。有那麼一段時間，我其實忘記了我來學校找她，是想談什麼事了。（停頓）然後我想起來了。（停頓）然後我明白——不可能的！這個人，這個完全知道自己該相信什麼、該怎麼相信，沒事還會特地跑去教堂唱歌的人，絕對會好好的，不可能會有事的。

父親：（停頓）是嗎？

兒子：然後我就走了。我走到學校後門的老雜貨店。太幸運了——是老闆的女兒在看店。我一連跟她講了十八個笑話，她一個都笑不出來。我說：「給我一根拖把，否則我只好繼續講下去了。」然後我挑了一根全新的拖把，走回學校教室，送給你女兒。我告訴她：「現在我們平手了，一比一，妳有妳的錢和上帝，我有我的笑話，而且我比妳誠實——妳不可能變成錢或者上帝，而我本身就是個笑話。」

父親：（停頓）然後呢？

（電話響起，兩人看著，直至話鈴中斷。沉默。）

兒子：沒有然後了。我走回家，發現你也在偷窺她的日記本。你問我怎麼辦？我說不怎麼辦。

父親：（停頓）你根本沒有勸她嘛！

兒子：重點是⋯⋯

父親：你不但沒有勸她，也沒有幫她打掃，真不知道你去了大半天，是在忙什麼？

（沉默。）

父親：該回來了吧……

兒子：又來了！我們難道一定要這樣不停地重複、一遍又一遍嗎？

父親：我是說你王伯伯。（停頓）我想，我得去找你王伯伯和王伯母，跟他們一起商量這件事。

（電話響起，兩人看著，直至話鈴中斷。沉默。）

兒子：他們會告訴你——心情不好的時候，去釣魚吧！上帝允許你把全世界的魚都吊在半空中凌遲，但絕不允許你把自己搞掉！

父親：日記本哪裡去了？（找到，拿起）

兒子：什麼癖好——兩個退休的糟老頭，和一個唱詩班的領隊，一起研究一本小女生的日記！

（電話響起。）

父親：麻煩接個電話，行嗎？

兒子：（看窗外）讓它響！

（話鈴中斷。沉默。）

父親：聽好了！（翻開日記本，唸）「神後悔創造了這個世界，因此讓洪水淹沒一切。原來，居然連全知的神，都有對自己的行為感到後悔的時候，這實在太奇怪了——這麼多人、快樂的聲音、悲傷的語言，都這樣熱熱鬧鬧住在一個讓祂後悔的世界上……真正信神的人，應該自己尋找離開的辦法。」（停頓）你覺得這像是個小問題嗎？

兒子：你要的話，我可以馬上掰個十篇給你。

父親：（停頓）你要的話，可以跟我一起去你王伯伯家。

兒子：等一下。你女兒又回來了。

（父親到處找地方藏日記本，找不著，一把從領口塞進衣服裡。）

兒子：不要那麼慌張行不行！

（沉默。女兒由大門跑上。）

女兒：你們怎麼都不接電話？

（沉默。）

兒子：怎麼回事？

（沉默。）

女兒：學校後山，山頂的涼亭……

兒子：怎麼了？

女兒：王伯伯，還有王建豪……

父親：嗯？

女兒：在那裡面，一起喝農藥自殺了……

（沉默。）

（父親與兒子由大門跑下。）

（沉默。）

（電話響起，女兒慢慢坐下，聽著，直到話鈴中斷。）

（沉默。）

（幕緩緩落下。）

第二幕

（距第一幕一星期後。十月，一個溫暖、晴朗的星期天上午。）

（幕啟時，父親黑西裝、黑領帶，佇立窗前。片刻，兒子黑西裝、未打領帶，由大門上。他輕輕開門、輕輕關門，悄立父親身後，隨父親視線看向窗外。）

兒子：古希臘人相信人不會死。不對，應該說——他們認為人死了以後，哪裡也去不了，只是留在他原來住的房子裡，和家人們繼續生活在一起。所以，一個古希臘小孩早上起床，望向窗外，絕對有可能看見他的曾曾曾祖父，還在庭院上跑著、跳著，努力想要騎上一團空空的空氣。他曾曾曾祖父以為那團空空的空氣，就是在上上上個世紀，害自己被摔死的那匹馬。小心了！不要隨便拆古希臘人的房子，除非，你打算和一屋子的亡靈打一架。

父親：（停頓）你怎麼回來了？

兒子：你怎麼在家？

父親：你一個人回來？

兒子：我一個人，到處尋找我爸爸。我掐住街上每個人的脖子，追問他們：「有沒有看到我爸爸？我不確定他是在哭還是在笑——因為，他剛剛從他最要好的朋友的喪禮中，成功脫逃了。」

父親：那算哪門子喪禮？

兒子：他們稱呼那叫「追思禮拜」。

父親：我不在乎那叫什麼。

兒子：對，上一秒你以為自己不在乎，下一秒你已經逃跑了。你一面逃，一面告訴死者說——對不起，「訣別」不是一種可以即興發揮的事，你必須死三次，我才要參加你的喪禮。（停頓）還不賴吧？我今天詩性大發，像一頭野獸。不對，應該說——我今天獸性大發，像一個詩人。你覺得怎樣比較貼切？

父親：你在玩什麼遊戲？

兒子：你在看什麼？

父親：我還以為王建豪是你的好朋友。

兒子：你在看什麼？

父親：（停頓）我在看那棵樹。

兒子：你在看哪棵樹？

父親：這樣很好玩嗎？

兒子：你在看哪棵樹？

父親：（停頓，指窗外）那棵櫻花樹——居然開花了，而且還開得那麼好！

兒子：哪棵是櫻花樹啊？

父親：現在才十月啊！花就開得這麼漂亮，到了一月，該它開花的時候，它打算怎麼辦啊？十月、十一月、十二月，一月，漫長的四個月裡，你想，它能這麼撐著、開著，永不凋謝嗎？我不認為。還是，在四個月內，它能謝了又開嗎？我也不認為。

兒子：（停頓）這種事情很困擾你嗎？

父親：我買了一把斧頭。我想，它不能再這樣下去了。

兒子：誰？

父親：那棵樹。我想把它砍了，待會就動手。

（沉默。）

父親：可以幫我倒杯水嗎？

（沉默。）

兒子：老爹，王伯伯家門口那棵樹，也被人砍倒了，你知道吧？

父親：那不是八百年前的事了嗎？

兒子：不是你幹的吧？

父親：（停頓）我幹什麼去砍他家的樹？

兒子：我記得，是我念高中時候的事。我和王建豪放學回來，走到巷子口，就看到王伯伯在巷子裡吼叫。他說，不知道哪來的流氓，趁他午睡時，砍倒了他家的樹。我回到家……對！當時的你，就像現在這樣，一個人站在窗戶邊，你的表情，就好像你剛剛才把斧頭藏好了一樣。十幾年過去了，現在，你從王伯伯的喪禮上逃出來，跟我說你買了把斧頭，正要去砍樹！老爹，是時間真的會循環，還是人永遠不會變？

父親：這就表示樹是我砍的？你王伯伯家每天進進出出那麼多人，你怎麼不說是他們幹的？

兒子：你比較關心植物嘛。

父親：太可笑了！我告訴你，最關心植物的，就是你王伯伯和王建豪，他們對植物關心到決定一起喝農藥自殺！

兒子：（停頓）沒錯，樹就是你砍的——每次，你只要一心虛，就會防衛過度。

（沉默。）

兒子：奇怪，在那個下午，有人謀殺了一棵樹，可是，方圓百里之內，沒有人聽到任何聲音，有時候，我們真的活得跟作夢一樣。然後有這麼一天，住在你家隔壁那個人，不知道為什麼把自己搞掉了。你努力回想，可是你只能承認，在與他共有的回憶中，你根本猜不透，他從何時開始，就在心中種下一意赴死的念頭。你覺得呢？

父親：今天天氣可真好啊！

兒子：（停頓）你好幽默。

父親：不怎麼冷，沒那麼熱。不出太陽，沒有下雨。我穿外套，你沒打領帶……

兒子：我把領帶綁在一棵樹上，準備哪天去上吊。

父親：（停頓）小心安全，別摔傷了。

兒子：謝謝你提醒我。

父親：（停頓）我昨天看了幾張報紙……（兒子突然跑開）去哪裡？

兒子：說你沒有看到我！

（兒子由廚房下。女兒神情哀傷，黑衣、黑褲，手捧一本黑色封皮的書，由大門上。）

女兒：爸，哥回來了嗎？

父親：（停頓）進行到哪裡了？（停頓）追思禮拜。

女兒：喔。進行到……每個人都開始走來走去的。不知道誰，拿了這本《聖經》給我，要我交給誰。我正想跟他說，我不認識他說的那位誰是誰，他已經走掉了。

父親：來了很多人？

女兒：嗯。那位賣農藥的也來了。

父親：誰？

女兒：我不認識。他說他是開材料行的，說王伯伯他們喝的巴拉松，就是跟他買的。（停頓）他一直跟大家道歉，說早知道他們是買來喝的，他就不賣給他們了。可是，他根本看不出來他們要自殺，因為王伯伯跟王建豪買巴拉松的時候，還輪流跟他殺價，殺得很開心。

父親：他說這些的時候，妳王伯母在場嗎？

女兒：嗯。哥哥也在。（停頓）哥哥聽完這些話以後，突然變得很激動，他問那位開材料行的先生，有沒有賣那種可以把自己裝進去的大桶子，他想買一個。那位先生以為哥哥在恐嚇他，就走掉了。

父親：妳哥哥在妳王伯母面前這樣問？

女兒：沒有，那時候王伯母已經先走掉了。我問哥哥：「買桶子做什麼？」哥哥說，我們家的房子拆掉以後，他想學戴奧吉尼斯，住在桶子裡。

父親：戴奧吉是誰？

女兒：我也是這樣問，哥哥說不重要，就走掉了。我本來想跟著他，但是我看見王伯母在遠遠的角落那邊，跟我招手，要我過去。可是，等我終於擠到那裡，王伯母也已經走掉了。然後，不知道是誰，拿了這本《聖經》給我。（停頓）過了很久，我才發現我自己一個人，抱了本《聖經》，站在角落邊，像個呆子一樣。（停頓）我想走了。我回頭一看，才發現王伯伯和王建豪就在我旁邊——就在那個角落，兩副棺材擺在一起，他們就躺在裡面，上面各蓋了一層厚厚的壓克力板。從我的高度看下去，他們好像只是睡著了一樣，後來我發現，不對，他們的確沒有在呼吸，因為板子蓋得這麼緊，可是裡面卻一點水氣也沒有。（停頓）比較起來，好像活著才是一件很髒的事。

（沉默。）

女兒：爸！哥有回來過，對吧？（停頓）我看見他的腳印了！真好玩，外面到處都在拆房子，滿地都是泥巴，但是哥看不見，不管前面有什麼，他都這樣直直踩過去……哥現在在廚房裡，對吧？

（舞臺外，什麼易碎品被打碎了，接著傳來門打開又關上的聲音。）

女兒：他又跑掉了。每次都這樣。過幾天，房子拆掉以後，你還會看見他成排的腳印留在地上，但他這個人，已經不知道又逃到哪裡去了……

父親：誰說這間房子要拆的？

女兒：什麼？

父親：沒有我的同意，誰敢把我們家拆了？

女兒：爸，沒有用的。

父親：我告訴你，就連古希臘人都沒這麼野蠻！古希臘人全死光了，可是他們的房子沒人敢動！

女兒：（笑）好奇怪，爸，每次只要聽你這樣說話，我就知道你剛剛一定跟哥見過面了。

（沉默。）

女兒：王伯母說，下午出殯的時候，希望你和哥哥都會到。她說，有一面大旗子，上面寫著「榮歸主家」，她希望你和哥哥一起舉著，走在隊伍最前面。

父親：遊街示眾的把戲，我不參加。

女兒：（笑）我已經幫你們答應了。我覺得你們不應該躲起來……

父親：昨天，我買了一把斧頭。我到那家五金行去。店裡面，最左邊的架子上， 擺了各式各樣的斧頭……

女兒：（笑）爸，現在先不要說這些……

父親：這輩子，我還是第一次看見那麼多斧頭擺在一塊。我挑了一把小的，拿在手上，開始跟老闆殺價。很久以後，我揮揮手上的斧頭，跟老闆說：「老闆，跟買斧頭的人，你不該討價還價超過十分鐘的。」老闆馬上就便宜賣給我了。（停頓）我懷疑他做這種生意會不會常常被搶？

女兒：你、到、底、在、講、什、麼？

父親：我昨天看了幾張報紙……

女兒：我受不了了！（停頓）我不知道你們為什麼總是這樣對我！我不知道王伯伯和王建豪為什麼要那樣！我不知道王伯母為什麼有辦法那麼堅強，可以拿著一本大筆記簿，告訴每個人等一下該做什麼！我不知道那位賣農藥的為什麼要出現！我想跟你們說說話，可是你們一個不知道為什麼一直在躲我，另一個不知道為什麼拚命講斧頭的事！（停頓）我甚至不知道為什麼我手上會有一本《聖經》！

（窗戶外，兒子突然冒出頭來，手上拿著一柄小斧頭。）

兒子：（對父親）你騙我的對吧？為什麼方圓百里內，我找不到任何一棵櫻花樹？（看見女兒，從窗戶爬進來）嘿！外面長了好多蘆葦，哥帶妳去把它們通通殺光。看！我找到老爹的寶貝了，雖然，老爹，我必須承認，這把斧頭的 size，比我想像的小好多。走！

女兒：不要這樣，我現在不想跟你說話。

兒子：對，妳已經長大了，不適合做這麼暴力的運動。還是，哥帶妳去冒險，妳看，現在家家戶戶的牆都被拆了，我們可以安安靜靜走著，不必敲門就進了別人家裡。像以前一樣，妳記得嗎？我們手牽手走進一個陰暗的房間裡，看見床板上，一位活了幾百年的老太婆，窩在棉被裡打呼，呼出一口又一口萬金油的氣味。聽說老太婆把丈夫葬在床板下，盼望有一天可以一起回績溪還是淮陰還是紹興還是天曉得哪裡！我們一定要親眼去看看老太婆的床底下，我們一定要親眼去檢查每個人的床底下，這是每一個在這個頹敗的村子裡長大的小孩所共有的習慣，因為在這座廢墟裡，愈年輕的人站得愈高，過去的亡靈都被他們踩在腳底下。怎麼樣？（停頓）老爹，你這是什麼表情？

（父親走開，沒有回應。）

兒子：然後，幸運的話，當我們再走出門，我們會發現我們真的回到了從前。我們看見，在這個一切都沉沉入睡的午後，有一個人，手拿這樣一柄小斧頭， 一下一下偷偷砍著他鄰居的樹。那砍樹的聲音，像波浪一樣灌進大街小巷，卻沒有一雙活著的耳朵能夠聽見。我們認出來了，那個砍樹的人，正是我們的父親。我們太驚訝了，驚訝我們的父親原來曾經如此年輕、如此有活力過！我們太驚訝了，於是，無論我們的父親正犯著什麼樣的罪行——哪怕他殺的不是樹，而是一個人——我們都不會上前阻止他。（停頓）我居然說得這麼好！好可怕，連我自己都感動了。小妹，有沒有紙和筆？我想把剛剛說的記下來。

（女兒沒有回應。）

兒子：不要生氣，不然頭髮會掉光。

女兒：哥！

兒子：老爹，在你最要好的朋友的喪禮中，你女兒什麼都不想，只是不停問我， 有沒有什麼好辦法能讓頭髮不要一直掉？她懷疑自己快變禿頭了。我一直很想告訴她：「專心一點好嗎？這裡有兩個死人，我們得先看到他們被拖出去埋了，才能處理妳的頭髮！」

女兒：你太過分了！（將手上的書狠狠向兒子扔去，正中兒子胸口）

兒子：（撿起地上的書，看了看）《聖經》？難怪特別痛。

父親：妳怎麼打妳哥？

兒子：妳膽子好大，居然攻擊一個手上有斧頭的人。

父親：你怎麼這樣跟妳妹說話？

女兒：你沒事買斧頭幹、什、麼？

父親：我昨天去那家五金行，店裡面，最左邊……

女兒：這個你講過了！

兒子：看吧！你就是話太多，才會惹你女兒生氣。

女兒：我不是生他的氣！

兒子：那妳更沒有必要生自己的氣了。真的，沒必要對自己無能為力的事情生氣——花預先開、房子一直拆、頭髮拚命掉，人提早死，妳能怎樣？

父親：不能怎樣……

兒子：什麼？

父親：你說的對，我們不能怎樣。

兒子：我說對了？好可怕，居然有人贊成我的意見！老爹，我會好好反省的。（停頓）妳又笑什麼？

女兒：真希望王伯母在場，聽聽看你們兩個在講什麼。

（沉默。）

女兒：每天早上，我起床，努力想說服自己——人生是美好的。可是我只要看見一張張活人的臉，這點剛發芽的希望就死掉了。我真的好希望我可以堅強一點。

兒子：「euphoria」。

女兒：什麼？

兒子：「欣快症」。只有得這種病的人，才會老是莫名其妙就覺得很幸福，覺得這世界真他媽的一點問題都沒有。比較起來，妳現在這種要死不活的樣子，反而完全正常。想不到吧？

女兒：如果我一邊覺得你懂很多東西，一邊覺得你根本還是個幼稚的小鬼，這也完全正常嗎？（向大門走去）

兒子：嘿！我只是想告訴妳——把死掉的東西當作還活著，不過是自己欺騙自己罷了。

女兒：可憐的傢伙！

（女兒由大門下，狠狠甩門，聲音震動。片刻，沉默。）

兒子：老爹，你女兒在幫拆除大隊的忙。

（父親沒有回應。兒子低頭，隨意翻著《聖經》。）

兒子：「從來沒有人見過上帝，我們若彼此相愛，上帝就住在我們裡面……上帝就是愛，住在愛裡面的，就是住在上帝裡面，上帝也住在他裡面。」怎麼會……裡面……的裡面……為什麼？老爹，這種空間概念這麼差的東西，我應該怎麼相信？

（父親沒有回應。）

兒子：老爹，現在無論我說什麼，你都不會回答對不對？

（父親沒有回應。）

兒子：然後，幸運的話，當我們走出門，我們會發現，我們真的來到了未來。我們置身於一座新建好的公園裡，我們指著廣場上的地磚說，從這一塊到那一塊，曾經是我們的家，更遠的那幾塊，曾經是我鄰居的家。在那個遙遠的下午，我的鄰居，一對父子，一起自殺死了。那個兒子，我恰好認識，他是一個健康開朗的人——曾經！——他「曾經」是一個健康開朗的人，只是，他被比他更健康開朗的人謀殺了……在那個未來的寬闊的公園廣場上，無論談論什麼，我們都不會像現在這樣……在那個未來的寬闊的公園廣場上……幸運的話……在那個遙遠的下午……好可怕，我居然無話可說了。（停頓）老爹，你有沒有什麼辦法可以幫我？

父親：樹不是我砍的。（停頓）你王伯伯家的樹，絕對絕對，不是我砍的。

兒子：老爹，從剛剛到現在，你都在想這件事嗎？

父親：我昨天是去買了把斧頭，但是，你王伯伯家的樹，絕不是我砍的。（停頓）我昨天去買了把斧頭，回來以後，我看了幾張報紙……

兒子：報紙怎麼了？

父親：賣斧頭的人，用幾張報紙包斧頭，我回來一看，那居然是一九九七年七月五號的報紙。那一天，記得嗎？就是我和你王伯伯被他們從軍中踢出來、被強迫退休的那一天。

兒子：報紙上有寫這個？

父親：沒有！當然沒有！我把那幾張報紙上所有的新聞，一則一則全讀完了。有一則說有兩個修車工人打打鬧鬧，其中一個把高壓空氣噴管塞進另一個人的屁眼裡，害那個人結腸爆炸。有一則說有個遊民溜進人家停在路邊的車子裡睡覺，燒衛生紙趕蚊子，結果一不小心燒了整輛車。還有一則說，有位八十多歲的老太太，在上教堂作禮拜時，聽見耶穌在她耳邊叮嚀，跟她約定好來接她到天堂的日期，到了約定好那一天，大家都來為老太太送行，但是老太太一個人在床上躺到天黑，耶穌都沒有出現。什麼事情也沒發生。有那麼一瞬間，我突然覺得我和你王伯伯被強迫退休，是全世界最正常的事。

（沉默。）

父親：一九九七年七月五日，我們退休的那一天，我和你王伯伯，兩個窩囊的軍人，在巷子口碰了面。我記得你王伯伯說：「不要怕！只要還有一點點溫暖，我想我就可以勇敢地活下去！」這句話我記得一清二楚，還像是昨天才聽到的一樣。在他的喪禮中，我這個所謂的「他最要好的朋友」，還不斷想起這句話，你覺不覺得這對我很諷刺？

兒子：這不關你的事，老爹，總有一些時候，一個人會覺得一點點溫暖也感受不到了，然後他決定毀了他自己，誰也幫不上忙。

父親：怎麼可能會這樣？

兒子：就是會這樣。

父親：我不相信！

兒子：要我證明給你看嗎？

父親：別跟我開這種玩笑！

兒子：別激動！這種事我沒辦法證明。

父親：幫我倒杯水。

兒子：（停頓）你女兒又回來了。

（女兒手捧另一本黑色封皮的書，神情愉悅，由大門上。）

女兒：我回來了！

兒子：（停頓）妳在高興什麼？

女兒：那個林坤佐，真的好好笑——他像個小孩子一樣哭個不停，好吵，連王伯母都跑來勸他。

父親：誰是林坤佐？

兒子：妳手上拿什麼東西？

女兒：《聖經》。

父親：誰是……

兒子：又一本？妳怎麼隨身攜帶這種武器？

女兒：我不知道那個人為什麼老是把書傳給我就跑掉了。

兒子：兩本《聖經》，是同一個人拿給妳的？

女兒：嗯，很有趣吧？

兒子：他是誰？

女兒：我不認識。

兒子：搞不好是耶穌。

女兒：（停頓）無聊。

兒子：什麼事都有可能，老爹會告訴妳，有一天，耶穌曾經和燒掉的衛生紙，還有爆炸的結腸一起出現在報紙上。

女兒：你講什麼我聽不懂。

兒子：沒關係，不重要。

女兒：我今天突然發現你是一個很冷漠的人。

兒子：真的？我隱藏得那麼好，妳怎麼發現的？

女兒：如果有一天我開始不再關心你了，你也不會知道為什麼？爸，怎麼了？

父親：沒事。幫我倒杯水。

兒子：那我得先發現妳什麼時候關心過我。

女兒：什麼？

兒子：我是說，如果我連妳什麼時候關心過我都沒發現，那我怎麼去發現妳從什麼時候開始不再關心我了？

女兒：我知道你想激怒我，你總以為這樣很好玩，這次我不會再上當了。而且，以後我心裡想什麼，都不會告訴你了。

兒子：別這樣，我知道怎麼治禿頭。

女兒：信不信我扁你？

父親：進行到哪裡了？

兒子：你女兒正要扁我。

父親：我是說追思禮……

女兒：我覺得我以前根本是個笨蛋，好像一個收破爛的人，老是跟在你後面撿東西，就怕你有一天會不小心把自己弄丟了。（從口袋掏出一團東西，丟向兒子）拿去！

兒子：什麼東西？

女兒：你的領帶！你幹什麼把領帶綁在樹上？

父親：他真的把領帶綁在樹上？

女兒：他有毛病你知道嗎？今天早上，我看見他把他的眼鏡丟到屋頂上去！

父親：對！你沒戴眼鏡……

兒子：我不需要眼鏡！

父親：不是，你這樣看得見嗎？

兒子：我今天什麼都不想看，可以嗎？

（沉默。）

父親：進行到哪裡了？

女兒：什麼？

父親：追思禮拜。

女兒：喔。我走的時候，牧師正在講話，他說人死了，就好像一顆種子埋進土裡，以後會發芽、長成樹，享受天國永遠的家鄉。

父親：人死了以後會發芽？

女兒：嗯，一切好像都不會結束。

兒子：妳這樣看我幹什麼？

女兒：你確定我有在看你嗎？

父親：幫我倒杯……算了，我幫大家泡壺熱茶吧，怎麼樣？喝完茶，我們去參加追思禮拜，好好地，把一切結束掉。

兒子：不可能的。

父親：什麼？

兒子：茶壺剛剛被我摔破了。

父親：喔。唉。

（沉默。）

父親：今天星期天，眼鏡行會開吧……

兒子：妳的意思是，人死了以後，會發芽、變成一棵長在天堂裡的樹？

女兒：不是我說的，是牧師說的。

兒子：妳沒聽錯吧？

女兒：我記得很清楚，我還記得，說到這裡的時候，王伯母哭了。

父親：妳王伯母哭了？

兒子：那牧師有沒有說，像王建豪這種農藥喝太多的人，死了以後，在發芽、變成樹這方面，會不會有發育上的問題？

女兒：你怎麼會擔心這種事？

（電話響起，三人面面相覷。）

父親：會不會是她？

兒子：誰？

父親：你王伯母。

女兒：出殯的隊伍要出發了，有一個「榮歸主家」的大旗子，要交給你們兩個舉著，走在最前面。

父親：對。

（三人不動，聽話鈴中斷。片刻，電話又開始響。）

女兒：也有可能是那位賣農藥的先生，他到處在找你。

兒子：我？找我幹什麼？
女兒：他把桶子運來了。
兒子：妳開玩笑的對吧？
女兒：我沒有。

（話鈴中斷。片刻，電話又開始響，三人沒有回應。）
（片刻，話鈴又中斷。沉默。）

父親：（對女兒）去哪裡？
女兒：幫你倒杯水。（由廚房下）

（沉默。）

父親：整整十年啊！我們在那座營區裡待著。我養過豬、養過雞、養過狗、養過鴨，為什麼軍隊不養馬呢？我喜歡馬，（唱）「馬革裹屍氣豪壯！」退休那天早上，一個年輕人拿張紙給我，告訴我：「你可以走了。」我走過營區，看見他們在用油漆漆樹葉——將軍要來營區巡視，長官叫樹長綠一點，樹不聽話，大家用油漆漆它——我走出營區，才想起我居然忘記等你王伯伯了。我想回去找他，那個站崗的年輕人問我：「你有識別證嗎？」我說：「你不認識我嗎？我在那裡面待了十年，我養過豬、養過雞、養過狗、養過鴨，一分鐘之前才走出來啊！」他說：「你有識別證嗎？」（停頓）那是個瘋人院你知道嗎？
兒子：知道。
父親：嗯？
兒子：我說我知道那是個瘋人院，因為這件事你已經講過一百次了，所以我開始覺得事情並沒有那麼瘋狂了。

父親：是嗎？（停頓）有一天你會後悔從來沒有好好聽我說話。我爸爸有好好跟我說過什麼嗎？沒有，從來不是打就是罵。我還記得他臨死前一天，跟我說他想吃開心果，我說：「爸，你牙都掉光了還吃什麼開心果？」他拿起床頭的花瓶就往我頭上打，你有被中風三次的人用花瓶砸過頭嗎……

兒子：很多年後！（停頓）不，其實只要幾年以後。我跟你保證，幾年以後，你絕對會不時像想起你退休當天那樣想起今天——你會記得今天，你從你最要好的朋友的喪禮中逃出來，獨自一個人，以一種多麼孤單、多麼無奈的姿態，看著那邊那扇窗戶。（停頓）然後，無論遇見誰，你都會一再重複對他們說起這件事，不管他們想不想聽。（停頓）老爹，我可以預先表達我對這一切的厭煩嗎？或者，我應該先寫下來，於是在幾年以後，當連我自己都對我自己的厭煩感到厭煩極了的時候，我就可以徹徹底底保持沉默了呢？

（沉默。）

父親：我沒聽懂。你剛剛說什麼？

兒子：厭煩，我感到。長話短說的話。

父親：你感到厭煩，是嗎？

兒子：你可以再問我十遍。

（沉默。）

父親：你行，你學問高。那把斧頭，你還是還我吧！

兒子：幹什麼？

父親：我要去砍那棵天殺的櫻花樹，為日後製造一點回憶。

（父親由兒子手上搶過斧頭，由大門下，狠狠把門甩上，聲音震動。）
（片刻，女兒神情哀傷，拿著一個空玻璃杯，由廚房上。）

兒子：空的。

女兒：什麼？

兒子：杯子。

女兒：嗯。爸呢？（慢慢坐下）

兒子：妳怎麼回事？

女兒：他們出發了。

兒子：誰？

女兒：王伯母他們。我從窗戶看見了——遠遠的，一面大旗子。一團樂隊，幾個陌生人。再過來，林坤佐和他的眼淚，王伯母和她的大筆記簿。然後是王伯父，王建豪。然後，那個賣農藥的先生，騎著三輪車，載著那個你訂的橘色大桶子跟在後面。再後面，幾個小孩在後面追著，打鬧著。太遠了，聽不見聲音。（停頓）兩副一模一樣的棺材。（看桌上）兩本一模一樣的書。真好！它們都這麼確定、這麼像是永遠都不會變，可是我呢？（停頓，把空杯子放在桌上）我居然忘記倒水了……（停頓）我問你——當我不再是我自己的時候，你能不能分得出來？

兒子：請坐過來一點，我必須檢查妳的頭皮毛囊，才能確定。

女兒：（停頓）你能不能嚴肅一點？

兒子：我最近一次嚴肅起來的時候，妳爸爸被我氣得離家出走了。

女兒：（站起，走向窗前）「我在演習的壕溝裡臥倒，再也不敢爬起，妳可以告訴我，戰爭結束了嗎？」

兒子：什麼鬼東西？

女兒：你寫的。

兒子：是嗎？

女兒：你入伍那年我讀大二，那天下雨，放學以後，我一個人搭公車到東區，下車以後，我一個人在大街小巷亂轉，走了半個城市走回家。家裡沒有半個人。我看見我的房門口貼了張便條紙，紙上就寫了這幾個句子。（停頓）那天我以為這次你死定了。

兒子：很簡單——妳上當了。

女兒：告訴你一個祕密，那天我以為你死定了，然後，我就一點反應也沒有了。再告訴你一個祕密，你知道那天是什麼日子嗎？那天是報紙登統一發票中獎號碼的日子。我把你的紙條塞進書包裡，從抽屜裡拿出一堆發票，開始對獎。可惜了，一張也沒中。如果你想知道得多一點的話，我還可以告訴你我去東區做什麼——晚上，我等在那些全家出動的餐館、咖啡廳、百貨公司門口，我等那些爸爸媽媽們出來，我對他們說：「先生太太，小孩好可愛。請問你們的發票可以給我嗎？我想捐給慈善單位。」「好啊！」他們笑著說。他們總是笑著，好像很怕別人不知道他們有多開心一樣。我拿了發票，躲到一邊去，研究他們是怎麼度過這一天的。（停頓）我常常一個人，一個人走來走去，等我抬起頭來，我會一下子想不起來我為什麼要這樣走著。然後我想起來了：我想，我應該要趕快回家。等我回到家，家裡一個人也沒有。即使有，也沒有人有興趣知道我到底發生了什麼。（笑）然後我會想，既然如此，你們為什麼不乾脆真的死掉算了？

（沉默。）

女兒：怎麼突然這麼安靜？
兒子：妳贏了，我無話可說。
女兒：你在難過。
兒子：你們都只想確定這件事嗎？
女兒：（看著兒子，笑）如果這會讓你開心一點的話——我的確沒有比這個更要緊的事情了。

（沉默，兒子與女兒不動。）
（大門被狠狠撞開，叔叔和女人背背包、提行李，像兩隻負重的螞蟻一樣走了進來。）

叔叔：（大喊）我——回——來——了！（試電話）沒壞嘛！
女人：（在客廳中央卸下行裝）到家了？

（叔叔四處望望，慢慢放下電話。彷彿被小蟲咬了一口，叔叔拍自己脖子，這成了直至劇終，他不時會有的小動作。）

叔叔：嗯，到家了。

（沉默。）
（幕緩緩落下。）

第三幕

（距第一幕一年後。十月，一個清冷、微雨的星期天清晨。）

（客廳一角，搭著帳棚的鐵支架，沒有罩上帆布，帳棚裡散置叔叔的行李。）

（幕啟時，女人在桌邊，將各種野花、野草插進瓶瓶罐罐裡。叔叔走來走去，不時停下，拍打自己，拿一瓶藥膏擦皮膚。兒子穿著整齊，戴了眼鏡，打了領帶，就一本筆記本寫字。）

叔叔：整天看你寫個不停，到底在寫什麼曠世巨著？

兒子：我在寫家庭日記。（停頓，唸）「今天天沒亮，我老爹就帶了一堆植物屍體回來。我嬸嬸沒有辦法，只好讓屍體在瓶罐上一一站好了。另一方面，我叔叔仍然走到哪裡，就被一群跳蚤咬到哪裡——可是，一整年了，為什麼跳蚤就只咬我叔叔一個人呢？」

叔叔：加上去，寫——「我叔叔推測，這群跳蚤正是他哥哥專門養來咬他的。」

（兒子照寫。）

女人：寫日記做什麼？

兒子：只是覺得現在我寫下來的東西，比我自己誠實。和以前正好相反。

叔叔：再加上去，用倒敘的筆法，寫——「就在這時，在一排排植物屍體旁，長期受到跳蚤追殺的我叔叔，突然回想起很久以前，村裡來了一個巨人——一個大概有三公尺高的老頭。老頭這麼插腰，在河邊的廢地上邁開大步，『咚』、『咚』、『咚』、『咚』，東西南北四個角落釘了四根木樁，表示：『這片地我全要了。』第二天，老頭弄來一個貨櫃，吃、喝、睡，全在那個貨櫃裡解決。第三天，鐵板牆就圈起來了。你從牆的裂縫望進去，會看見老頭和他的小動物們——那片地上，老頭雞啊、鴨啊、鵝啊，狗啊，全養了，簡直就像童話王國裡的國王一樣。（自言自語起來）我和我哥常去那裡，站在牆外，偷看老頭用這麼一截指揮棒，指揮一群鵝一隻挨一隻跳進水塘裡洗澡。（停頓）有一天，老頭不知怎麼了，開放觀光，打開王國的鐵門，放我哥和我進去玩。那天，玩得真開心。（停頓）第二天，我和我哥還想再去找老頭玩——年輕人就是這樣，有人給你一點善意，你就以為他會一直對你這麼好——可是老頭變了個樣、不理我們了。我們在牆外，喊了他一天，喊到他放狗出來趕我們。（停頓）第三天，我哥還想去，他一個人在牆外喊了一天，喊到被狗追回來。（停頓）第四天，我哥還要去，我說：『你怎麼就不知道要死心啊？』我哥說：『沒辦法啊，那個下午我玩得太開心了。』我不知道他這樣算不算瘋了。（停頓）第五天、第六天，我哥都去牆外等老頭再放他進去，就像坐牢的人等人放他出去一樣，就像他的生命中，就只剩下這件事要做了一樣。（停頓）當天晚上，夜深的時候，我偷偷拿了一把鐵鍬，去到河邊，把老頭的牆，撬了片鐵板下來。（停頓）隔天天一亮，老頭的動物全跑出來了——雞呀、鴨呀、鵝呀，狗呀，在村子裡大街小巷晃蕩，老頭拿著指揮棒到處追趕。那時，真奇怪，我看那些動物，已經不像童話裡的東西了，老頭看上去，也沒那麼高、沒那麼像是一個國王了——不過就是一個寂寞的糟老頭罷了。（停頓）我走到牆邊，發現我哥居然還在那裡——牆都毀了、動物都逃光了，什麼都沒有了，可是我哥還一動不動站在牆外等。我真的被他嚇壞了……」

（沉默。）

叔叔：你覺得怎麼樣？

兒子：很長。

叔叔：（停頓）奇怪，最近總是這樣——一不小心，腦子裡就跑出回憶畫面。

女人：沒事，你只是老了。

叔叔：呵呵！妳好殘忍。

（女人示意叔叔坐下，接過藥膏，幫叔叔擦背。）

叔叔：一年過去了。

女人：嗯。

（沉默。）

兒子：「就在這時，我嬸嬸完全無視於我的存在，撩起我叔叔的衣服，開始幫他擦背。」

女人：加上去，心理描寫——「我嬸嬸一邊幫我叔叔擦背，一邊寂寞地想著：『已經長達二十多年，沒有人在這間屋子裡做過愛了啊！』」

（沉默。兒子闔上筆記本。）

兒子：妳贏了。

女人：如果你不寫的話，到了過年，我會把這個感想寫成春聯，貼在大門口。

叔叔：可以，我贊助妳一個東西。（從口袋裡拿出一枚印章）里長之印。

兒子：怎麼到你手上了？

叔叔：公主陛下賞的。她說，以後我說的任何話都必須一式兩份、寫成公文，蓋上印章，她才要相信。妳的春聯寫好後，也可以蓋個印，這樣比較有公信力。

女人：好可愛！

（沉默。）

叔叔：昨天，我去了後山涼亭一趟。（停頓）下著雨。細細的雨絲，從很遠的地方，慢慢掛到涼亭的亭簷上，好像要把空氣一層一層驅走了似的。我坐在涼亭裡，看山腳下，好多搬空了的屋子，浸在那樣的雨裡。我覺得，再也沒有比那更令人寂寞的風景了。我有一種快窒息的感覺，我也想馬上背起行李，追上那些搬走的人群。（停頓）然後我想，不對啊，我不是早就離開過了，才剛回來嗎？（停頓）我錯了——我對待我自己的方式，完全是錯誤一場。你們看，離家十二年，感覺像是一年，回家一年，感覺像是十二年……

女人：加起來一樣。

叔叔：加起來……對。（停頓）你們看，如果在這個世界上，不管怎麼做，到最後都不會有差別，我不明白，人們幹麼要特地懲罰自己呢？

女人：太浪費了。這麼寂寞的景色，你居然沒有找我一起看。如果我在場，我們可以一起想辦法嘲笑它。

叔叔：嘲笑它？

女人：嘲笑它。嘲笑一場無濟於事的小雨，嘲笑辛辛苦苦建造這麼多房子、又匆匆忙忙搬走的人。在雨中、在一片煙霧迷濛的廢墟裡，我們帶著一捲羊毛毯……

叔叔：羊毛毯……

女人：羊毛毯，喜歡嗎？我們穿門過戶，登陸在一片溼潤的、開闊的青草地上。我們鋪開毛毯，覆蓋住野草上的點點露珠……

叔叔：好極了！（停頓）等一下，毛毯，鋪兩件好嗎？我有風溼痛。

女人：沒問題。我們慢慢展開一件，蓋住草地上的溼氣，再蓋上一件，讓它變成軟綿綿的床。我們一起走上那張床，就像走在顛顛簸簸的海面上一樣。看哪！視野好遼闊——我們就像世上僅存的唯一一對男女那樣……

叔叔：等一下。我們這樣會不會太驕傲了？

女人：才不會，你要專心一點。你看，在海面上，我們面對面坐著，我現在，慢慢剝開我襯衫胸口的第一顆扣子……第二顆……第三……

叔叔：哇！我撲向妳，伸出我的魔爪，啪！一把撕開妳的襯衫……

女人：喔！我趕緊用手護住我的胸口，全身向海的另一邊滾去……

叔叔：我追去，我用游的、我用划的、我用爬的，我追到世界的盡頭，伸手抓住妳的腳踝……

女人：喔！人家的襯衫……

叔叔：別管襯衫了！

女人：喔！毛毯歪了……

叔叔：丟掉算了！

女人：喔！你的風溼痛……

叔叔：已經好了。我抓住妳的腳踝，用我滿布跳蚤的手，沿著妳的……

（兒子乾咳。）

叔叔：我用我滿布跳蚤的手……

（兒子乾咳。）

叔叔：我用我的跳蚤……

（兒子乾咳。）

叔叔：你有病啊！

兒子：我只是想抗議——因為你們在用話語做愛的時候，我的耳朵不巧在場。

叔叔：那你就該用耳朵抗議啊！

兒子：（停頓）老實說，我的耳朵一直在想——剛剛，在你的關於涼亭的「倒敘」中，它以為，除了你自己以外，它還會聽到其他人的消息，但是，終究並沒有。

（沉默。）

女人：你今天不太一樣。

兒子：是嗎？妳發現了嗎？

叔叔：又是誰死了？

兒子：（停頓）我找到工作了。

叔叔：你？工作？喔、喔、喔，我的老天！

兒子：儘管笑吧。

叔叔：我請教你——在一個不正確的世界裡，一個人怎麼有辦法正確地工作？

兒子：這樣好了——你去等你那「正確的世界」，有一天會突然降臨到你面前，我去做我的工作，我們誰也不招惹誰，好嗎？

女人：你的領帶沒打好。過來，我幫你。

（沉默。女人幫兒子打領帶，叔叔看著。）

（女兒化濃妝、打扮得異常亮麗，捧一鋼杯熱茶，由廚房上。她看一室混亂、看屋內三人，冷著眼、踱著步，吊著茶包。）

兒子：雨大概會下一整天。

女人：嗯。

叔叔：（突然跪地，大喊）恭——迎——公——主——陛——下！

女兒：別惹我！

女人：早！

（女兒走開，裝作沒聽見。）

兒子：她在示範用耳朵抗議。

女兒：不准笑我！大家都聽見了——今天，我想怎麼做就怎麼做。誰也不准惹我、不准笑我。

女人：好啦，這樣就行了。
兒子：謝謝。（看看領帶）很漂亮。
叔叔：（對女兒）快被妳抖散了。
女兒：什麼？
叔叔：妳的茶包。

（女兒想找一個適當的地方放鋼杯，看桌上，找不到，把鋼杯交給兒子。）

女兒：給你喝。

（兒子看看女兒，接過鋼杯。沉默。）

叔叔：（對兒子）你找到什麼工作？
兒子：賣沐浴乳的。
女兒：不是「賣沐浴乳的」！你是業務員。
叔叔：業務員？做什麼的？
兒子：大部分的時候……我想，我會守著一支電話，當電話響起，那些西藥行或藥妝店下訂單的時候，我就會開著貨車，把公司的商品——香皂、沐浴乳、抽取式面紙等等的——送過去。
叔叔：那就是賣沐浴乳的嘛。
兒子：隨你稱呼。
女兒：真好笑——我認為，一個在客廳裡搭籠子搭了一年的流浪漢，沒有資格批評別人的工作。

（沉默。）

兒子：（拍拍叔叔的肩膀，把鋼杯交給他）給你喝。

叔叔：（接過鋼杯，學女兒吊茶包）公主今天火力強大。

兒子：她警告過你了。

女人：妳還好嗎？

女兒：我沒事。（停頓）妳跟那個住在籠子裡的，到底是怎麼認識的？

兒子：「住在籠子裡的」！你又有新綽號了。

叔叔：嘿嘿！滿貼切的。（停頓）說實在的，我覺得你找的是一個很悲涼的工作。

女兒：（大聲）哪裡悲涼？

（沉默。）

叔叔：（對兒子）我應該說嗎？

兒子：說吧。就當作是你的遺言。

叔叔：是這樣的，你們想想看——賣沐浴乳的……

女兒：業、務、員。

叔叔：業務員。你想想看，公司會給他們很多沐浴乳，當作回饋，對吧？那麼多沐浴乳，你會往哪裡擺呢？

兒子：往家裡擺。

叔叔：可是用不完，怎麼辦？

兒子：不怎麼辦，擺著慢慢用。

叔叔：所以，當你開著車，在路上工作，經過一家家藥房，你的沐浴乳卻代替你留在家裡。你想想看，萬一有一天，你永遠回不了家了，你家裡那麼多沐浴乳，大家會拿它們怎麼辦？

兒子：不怎麼辦，擺著，繼續慢慢用。

叔叔：你看，悲不悲涼？（停頓）萬一有一天，當你在路上工作的時候，你老婆帶男人回家偷情，你覺得，那個男人會特地自己帶沐浴乳來家裡嗎？

（沉默。）

女人：我想，你還是不要講話比較好。
兒子：我可以把你這個感想，說給林坤佐聽。
叔叔：誰是林坤佐？
女兒：介紹工作給他的人。
兒子：一個快樂的傢伙。（模仿語調）「你好！我叫林坤佐！」我說，我知道你是誰，因為我是你高中同學。
女人：所以，今天是你第一天上班。
兒子：嗯，等一下林坤佐會開車來，載我去見習。
女兒：他人很好。
女人：你下班後，我想，我們可以慶祝一下。
叔叔：你是在哪裡遇到他的？
兒子：（停頓）在王建豪的追思禮拜上。

（沉默。）

兒子：我想，他應該快到了吧！
女兒：哥！那個林坤佐……
兒子：怎麼了？
女兒：你可以介紹我跟他認識嗎？

（沉默。兒子看看女兒的打扮。）

兒子：一大早，妳會不會太突然了一點？
女兒：我不在乎！
兒子：既然這樣，妳自己在這裡堵他啊！透過我幹什麼？
女兒：這個我在乎！好嗎？

（沉默。）

女兒：我真的不知道該怎麼做了。房子一直都這麼亂，也不知道該準備拆，還是該準備不拆，每次我剛封好一個箱子，就會有人跑去把它打開。一屋子的人，跟作夢一樣——什麼都不做，成天只會說些廢話！（停頓）每天晚上，我躺在床上，聽著隔壁，爸爸在自己房裡走個不停、自言自語，到天亮才累得睡著了。我在想——為什麼你們都不在乎呢？如果你們都不在乎，那我也要裝作不在乎……可是……你們不會懂的，你們不會明白，從小到大，不管我做什麼，不管我不做什麼，那最後都只能變得像是祕密一樣糟糕，在這間房子裡，在你們身邊……你們到底明不明白？為什麼，你們都要這樣對我？

（沉默。）

女人：（安慰女兒）不要哭……妳這樣很好……事情會解決的……

（沉默。）

叔叔：唉，不要這樣，為什麼要陷進憂傷裡，為什麼要這樣不停地懲罰自己呢？（對兒子）過來這裡。你站在這裡，你現在想像，在你面前，有一片寬闊的大海。（停頓，對女人）對了，「他」原來是幹什麼的？

（女人沒有回應。）

叔叔：不要緊。你就假裝、你就假裝是個賣沐浴乳的好了。你現在走到海邊，面向海。你把這個記進日記裡。

兒子：啊？我現在是要「假裝」，還是要「記錄」？

叔叔：你在心裡假裝你在記錄——你一定要假裝你正在寫一件別人的事，否則我沒有辦法繼續講下去，懂吧？

兒子：（停頓）懂。

叔叔：好，我站在你身後，我現在問賣沐浴乳的你說：「你想跳海嗎？」

兒子：啊？

叔叔：你要回答我啊！

兒子：我好端端的跳什麼海？

叔叔：我接著問你……我問你什麼了？糟糕，我的記憶有點不管用了……我接著問你：「你喜歡海豚嗎？」

兒子：啊？

叔叔：（對女人）我問他：「你喜歡海豚嗎？」

（女人沒有回應。）

叔叔：（對兒子）這裡是海邊。

兒子：（停頓）對，我知道。大概。

叔叔：你跑到海邊賣沐浴乳？

兒子：不是。應該不是。

叔叔：所以你喜歡海豚？

兒子：啊？我不知道……

叔叔：你不知道自己喜不喜歡海豚？可憐的東西。告訴我，你的客戶怎麼能放心地跟你這種人下訂單？

兒子：（停頓）好吧！我喜歡海豚！

叔叔：鯨魚呢？

兒子：應該也喜歡吧……如果喜歡海豚的話……

叔叔：那要不要我幫你報警？

兒子：幹什麼？

叔叔：因為你迷路了——這片海邊，沒有海豚，也沒有鯨魚。

兒子：（停頓）啊？

叔叔：我把你困住了！不錯吧！我年輕的時候，很會這一套的。

兒子：對不起，叔叔，我不明白……

叔叔：（指女人）你是她的情夫。

兒子：啊？（看女人）

叔叔：可是你的口袋裡藏了一個戒指，你要向另一個女人求婚。你們約在海邊。那另一個女人，是她的丈夫的情婦。

兒子：啊？

（女兒看著女人，聽著。）

叔叔：她的丈夫，到海邊來，想要坐船，偷渡離開。所以，在海邊，他們三個人遇在一起了。她跟他坐船走了。

兒子：誰跟誰？

叔叔：她跟他走了。他跳到海裡去了。我去拉他，但是我拉不住他。他消失在海面上了。我游上岸，我發現戒指盒掉在沙灘上。我打開盒子，戒指還在裡面。（指女人）然後，她走過來。從很遠的地方，她沿著公路，向著沙灘、向著海邊走過來。我藏起戒指，一身溼淋淋地走過去，我問她：「你在等人嗎？」（停頓）她說不是，她在跟蹤人，可是跟丟了。（停頓）然後，在海面上，他浮上來了。像他還活著一樣，他慢慢浮上來了。

（沉默。電話響起，響了非常久，沒有人去接。）

（話鈴中斷。）

女兒：（對女人）我一點都聽不懂。

（女人笑著，沒有回應。）

叔叔：不需要聽懂！因為這是一段完全沒有意義的往事，就像完全沒有意義的人生一樣。我很遺憾，我很遺憾我不能帶回更有意義的事。漫長的十二年，我每天都在想——我能不能找到一個讓一切重新開始的辦法，我能不能，誠心接受那些我沒有辦法選擇的事，真的真的，以自己的方式活著呢？

女人：這個，就叫作「驕傲」了。

（沉默。大門被撞開，父親走入。他和第二幕離開時一模一樣——穿黑西裝、手握一把斧頭——就像在屋外遊蕩了一整年似的。）

父親：我回來了！（找到兒子，拉他的手臂，直至幕終都沒有放掉）唉呀！你回來了啊！我告訴你，我終於知道「流浪」是什麼感覺了。可是比起來，我告訴你，最最煎熬的，還是莫過於等待了。怎麼知道的我告訴你，我每天晚上在我自己房裡走來走去，我發現，年輕的時候，我們都有很多夢想——什麼走到天涯海角，什麼永恆，什麼一生一世，好像都很輕易都能說出口，可是走著走著，你發現，天居然又亮了。離天涯海角還很遠。最實際的只是——每天天都會亮一次，天亮了，所有人又開始吵鬧了，所以，每次你都只能呆坐著，等待天再暗下來，那實在比流浪還要折磨得太多太多了！

兒子：老爹……

父親：你看，整整十三年了喔，有關於你的大大小小的祕密，我一個也沒有對人透露。我等你回來，等你自己跟人說明。（停頓）那天，連我兒子都開始懷疑我，他問我，王文聲他家門口那棵樹，是不是我砍倒的啊？我忍住了，我沒有說——這件事其實是你幹的。

兒子：老爹，我不是你弟弟……

父親：（沒聽見，拉著兒子坐下）我們坐在這裡等他們。

兒子：等誰？

父親：王文聲，還有他兒子。（小聲）噓……我告訴你，等一下，他們會過來這裡喝農藥自殺。我們得想辦法勸勸他們。

（沉默。父親看見女兒，站起，招呼她。）

父親：妳也趕來了啊！太好了，快過來！（女兒靠近）我告訴你啊，我不知道你們夫妻之間有什麼問題，我不好問，但是婚姻

啊……婚姻啊……（突然陷入沉思）

女兒：（蹲在父親跟前，仔細看他）爸……

（沉默。林坤佐由屋外跑入。）

林坤佐：對不起……打擾一下。（停頓）大家好，我自我介紹，我叫……

叔叔：林坤佐是吧？（停頓，遞過鋼杯）喝茶！

林坤佐：（接過鋼杯）謝謝。（停頓，看看鋼杯，看看眾人）外面在下雨……

叔叔：（打量林坤佐）林坤佐是吧？

林坤佐：是。乾坤的坤，輔佐的佐。

叔叔：林坤佐，你的運氣一向都這麼好嗎？

（沉默。）

父親：想我的一生啊……（對女兒）我看見了。妳看見了嗎？漫長的每一天，前方好安靜，大家都出發了，沒有人在等我。我應該做什麼好呢？

兒子：可以讓我說句話嗎？

父親：有了！我來「夢想」，好嗎？我來想像快樂真的已經存在過了。我來想……想我爸爸……

女兒：我爸爸……

父親：我爸爸說他想吃開心果，看會不會開心一點……

女兒：開心一點……

父親：想我兒子！有一天，我兒子跟我說了一個笑話，他說：「你知道亞瑟王和他的武士們最煩惱的事情是什麼嗎？是找不到桌子打麻將。」我想了半天，才知道那是什麼意思……

女兒：什麼意思……

父親：想我女兒……

女兒：我女兒……

兒子：不要再說了可以嗎？

父親：我的女兒很聰明，如果不是因為我……（停頓）那一天我對她說：「妳媽死了，這樣妳明白了嗎？」（停頓）我以為她會問我什麼，但是她什麼也沒問。

（沉默。）

父親：她說：「我明白了。」

（沉默。）

林坤佐：（對叔叔）他們怎麼了？

（沉默。女人走近，輕聲對女兒說了幾句話，將女兒拉到一旁，看看她、整理她的衣服、她的臉，帶著她，向林坤佐靠近。）

（電話響起，所有人皆停下動作。）

（叔叔走去，掛掉電話，轉身看窗戶外。）

（被父親拉著手的兒子，另一手輕輕丟開筆記本。）

（林坤佐失神地舉杯喝茶，感覺一嘴茶葉渣子，憋著。）

（沉默。）

（幕緩緩落下。）

第四幕

（距第一幕三年後。十月，一個晴朗、溫暖的星期天傍晚。）

（拆房子的聲音，依稀可聞。）

（客廳顯得整潔許多——中央，一架與其他家具頗不相稱的古董衣櫥；一角，原來放置帳棚鐵支架的地方，現放一張料理桌，桌上一鋁盆、桌旁半鋁水桶的水。）

（幕啟時，叔叔就料理桌揉麵糰。林坤佐右腿打石膏、手扶雙拐，站在衣櫥邊。女人在餐桌旁插單單一瓶花，一邊，兒子將各種藥丸，一一填進分藥盒裡。）

林坤佐：（敲敲衣櫥）我媽媽現在，堅持要大家叫她「美珠」。

女人：為什麼？

林坤佐：那是她的名字，她叫「徐美珠」。

叔叔：你媽叫「徐美珠」，所以大家叫她「美珠」。林坤佐，你一向都這麼健談嗎？

林坤佐：不是，我媽要我也叫她「美珠」。（停頓）總之就是，很怪就對了。

叔叔：什麼叫「怪」——客廳裡站了那麼大一架衣櫥，你說奇怪不奇怪？

林坤佐：嘿嘿！

叔叔：笑！林坤佐，你還是趁早把你們家美珠的寶貝衣櫥搬回去吧！過幾天，拆除大隊就要上門了。

林坤佐：不是，我媽說這個衣櫥一定是要送給媳婦的。（停頓）我也不知道我老婆幹麼要擺在客廳。

女人：你老婆說她房裡擺不下。

（林坤佐對女人苦笑，表示感謝。）

林坤佐：這個衣櫥啊……（打開衣櫥，發現裡面塞滿了香皂、沐浴乳和抽取式面紙，停頓）這是什麼？

兒子：借放一下，我房裡也堆不下了。

（沉默。）

林坤佐：關於這個衣櫥，其實有一個故事。

叔叔：別！別！林坤佐，你媽的故事，別往我耳裡倒。（揉好麵糰，將麵糰挪進鋁盆、覆上薄布）等我走了，你愛怎麼講，就怎麼講。（就水桶洗手，提起水桶，向廚房走去，對林坤佐）石膏該拆了吧！一拐一跳，像個圓規似的！（走出）

兒子：已經像個做麵的師傅了。

林坤佐：（對女人）生意還好嗎？

女人：昨天又跟警察吵了一架，差點打起來。

林坤佐：叔叔真是夠硬的。

兒子：年輕時候，他可是我心目中的教宗。

女人：現在不是了嗎？

兒子：現在？我不確定。我想，問題出在我身上——我不再年輕了，不再要嘛完全不相信人，要嘛完全相信一個人。

林坤佐：老實說，叔叔和嬸嬸，你們兩個，是我的偶像。每一次，我只要看見他兩手麵粉的模樣，看見你們推著車，踏過一片爛泥巴地，看見你們在馬路邊、在騎樓底，把攤子擺開的模樣，我都覺得好感動。在路上，每當我開著我的貨車經過時，我都好想沿路廣播，告訴大家說：「嘿！大家快來看啊——那兩個人是我的叔叔和嬸嬸！在這個世界上，我的叔叔嬸嬸，相親相愛，自食其力，誰也不虧欠，是我心目中的完美模範！」

（沉默。）

林坤佐：（敲敲衣櫥）嗯，對。

女人：你以後開車要小心一點。（停頓）那天晚上，你叔叔看看馬路上，說：「林坤佐又來了。」我抬頭，就看見你的車開過來，開過攤子還不停，「砰」！一下撞到電線杆上去了，把大家嚇的。

林坤佐：沒事的，只是當時，心情有點不好。

兒子：心情「有點不好」，就喝成那樣，把車都給撞爛了，那心情「很不好」的時候，你大概會上月球吧！

林坤佐：嘿嘿！有時候就是會這樣——覺得很糟。我也說不清楚為什麼。

（女兒由廚房上。）

女兒：林坤佐！你這樣跳來跳去的，腳怎麼會好？（停頓，對女人，溫和地）爸在找妳。

女人：好。（停頓，整整花，由廚房下）

（沉默。）

女兒：（對兒子）幹麼？

兒子：孕婦最好不要生氣。

女兒：整整九個月都不生一次氣，你做給我看看。

兒子：忍耐點，再多久？再五個月，妳就解脫了。

林坤佐：對不起，插個嘴，你這樣說我的小孩，讓我覺得怪怪的。

女兒：忍耐點，你的小孩一輩子都要叫他舅舅呢！

兒子：（停頓）爸又怎麼了？

女兒：還不是那樣——硬要把我認作王伯母，說恭喜我今天就要跟王伯父結婚了，嘮嘮叨叨，說了一堆廢話。（停頓）我真的不知道他是假裝的，還是真的。

（沉默。）

林坤佐：誰想得到呢？王伯母還是在王伯伯他們的喪禮上，才第一次見到那個賣農藥的……（停頓）現在想起來，那時，我們三個都在場啊！誰想得到呢？（停頓，對女兒）誰想得到呢？我也是在那場喪禮上，才第一次見到妳啊！（停頓）誰想得到呢？

女兒：林坤佐，拜託別像隻鸚鵡一樣。

林坤佐：人生真是脆弱啊！（抓住女兒的手）老婆，妳會一輩子都愛我，對吧？

（沉默。）

兒子：請繼續，我開始習慣當個透明人了。

女兒：放手！

林坤佐：關於這個衣櫥的故事，我一定要說給大家聽！（走近衣櫥）

兒子：可以不要嗎……

林坤佐：（自顧自的，對著衣櫥說）我七歲的時候，我爸就過世了，我媽一個人，撫養我長大。你們知道沒有爸爸的小孩，在一個大家族裡長大，童年會有多辛酸嗎？（停頓）不過，總之，我長大了，我媽也老了。（停頓）我奶奶，是個很吝嗇的老人，她把什麼好東西都往自己房間裡藏。她死了、被抬去埋了以後，大家都衝進她的房間裡，翻箱倒櫃，好像在尋寶一樣。幾個姑姑、嬸嬸，媳婦們，打開我奶奶的衣櫥，開始分衣服。她們叫我去傳話，要我媽也來分。我媽真是好酷，她叫我跟她們說：「我不跟妳們搶，妳們慢慢分，分完以後，衣櫥留給我。」（停頓）這就是這個衣櫥了。（停頓）我媽說，這本來是一個很好的衣櫥，可是不能放在家裡，因為她怕放在家裡，她每天看，慢慢慢慢，會變成我奶奶那樣子。所以，等我結婚時，她想送給媳婦——媳婦不知道什麼人用過這個衣櫥，就會好好善待這個衣櫥了。

（沉默。林坤佐轉身，發現沒有人有反應。）

（林坤佐敲敲衣櫥。）

林坤佐：以上，就是關於這個衣櫥的故事。

（叔叔手上拿一片榕樹葉，由大門上。）

叔叔：剛好講完？我真幸運。

女兒：（停頓）你媽硬把衣櫥塞給我的時候，可不是這樣說的。

叔叔：才剛開始？好極了！（找地方坐好）等一下，為了公平起見，
我先問一個問題——林坤佐，以你今天這種狀況，你真的願意再跟你老婆吵一架嗎？

兒子：也對，上次是撞斷腿，這次肝臟大概會被炸掉吧！

叔叔：快！打電話！跟醫院掛號先！

兒子：不，直接叫救護車！

女兒：一群無聊的傢伙！（由廚房下）

（沉默。）

林坤佐：叔叔，你手上那是什麼？

叔叔：這個？王文聲他家門口那棵矮榕樹，又長出葉子來了。

兒子：被你砍倒的那棵？

叔叔：嗯。（停頓）只是，房子已經廢掉了。一個人也沒有了。

（沉默，連拆房子的聲音都突然停了。）

兒子：你像隻鴿子一樣。

叔叔：什麼意思？

兒子：洪水過後，人們不是從方舟上放出一隻鴿子，去試探災難是不是真的已經過去了嗎？結果，那隻倒楣的鴿子獨自飛了一整天，帶回來一片橄欖葉，證明一切都沒事了。

叔叔：呵！你太看得起我了。樹是我砍的，這片葉子是我摘的，這一切，不過就像是自己找事忙罷了。

兒子：只是，災難真的可能過去嗎？

叔叔：看起來是這樣的。（停頓）我還以為，這個時候，應該會有管

弦樂從天而降，樂聲愈來愈響，鏡頭會慢慢拉遠，我們會變得愈來愈小、愈來愈小，直到沒有人看得見我們了，就像我們從來就沒有存在過一樣。

兒子：然後，當我們一息尚存時，我們會聽見黑暗的觀眾席上，觀眾紛紛站起， 椅子彈上椅背的聲音。他們打呵欠、伸懶腰，回去他們日常的話題中。在他們的記憶中，我們也漸漸淡去、漸漸不存在了。（停頓）大概不會這麼美滿吧？

叔叔：看起來不會。不過，拆房子的聲音，倒是停了。

兒子：（模仿語調）「是嗎？荒唐！」

叔叔：一點沒錯！

林坤佐：老實說，我覺得好難過。

（沉默。叔叔走開，檢查臉盆裡麵糰發酵的狀況。）

林坤佐：我也想像你們一樣，不去參加那賣農藥的和王伯母的婚禮。（停頓）我也想像你們一樣，留在自己的居所裡不出門，就像白麵糰留在臉盆裡慢慢甦醒一樣。我們一出生就像一道傷口，一道受純白紗布保護的傷口。我們有權對紗布外面的空氣說——我們是無辜的，因為我們還沒準備好。

叔叔：（停頓）媽的！詩人在此——這個時代裡，真正的抒情詩人，原來是個賣沐浴乳的。

兒子：（對林坤佐）你不想去，就不要去。

林坤佐：（停頓，搖搖頭）沒辦法。

（沉默。父親坐著輪椅、輪椅側袋插著斧頭，由女人推著，從廚房上。）

父親：都到齊了？今天天氣可真好啊！（對兒子招手）老弟，過來。（停頓）唉呀！不行啊！你穿成這樣，實在太沒禮貌了。去換一套體面點的——穿上西裝，打好領帶。

叔叔：戲劇大師登場了。

（沉默。兒子沒有回應，由廚房下。女人回到餐桌前，繼續將花插完。）

父親：（對女人）老媽，妳買了新花瓶。

女人：嗯，好看嗎？

父親：如果妳買了花瓶，妳一定要記得每天插上花，否則，在（指叔叔）他第三次中風的那天，花瓶會在我頭上碎掉。（停頓）別擔心，我會每天帶花回來給妳的。（停頓）如果我每天帶花回來給妳，妳是不是能不要再離開了呢？

女人：不要怕——老媽我沒有地方可以去了。

（沉默。）

叔叔：妳確定要這樣配合他、玩這種遊戲嗎？

父親：老爹，不要生氣。

女人：還滿有趣的——我的兒子跳過麻煩的嬰兒期、青春期，直接坐在輪椅上了。

叔叔：這真滑稽——為了讓他像這樣活在過去中，我們每個人都老了一輩。

父親：老爹，再生氣下去，你會中風的喔。

叔叔：大人在講話，小孩子不要插嘴！

父親：是，老爹！

（沉默。女兒端了一玻璃杯的水，由廚房上。）

女兒：林坤佐，你能不能好好坐著休息一下，別老杵在衣櫥邊？（從餐桌上拿起父親的藥盒，走向父親）吃藥！

父親：唉呀！麻煩妳了，真是有兒有女，不如有一個好芳鄰啊！（停頓）恭喜妳，今天要結婚了。（吃藥、喝水）

女兒：（停頓，對女人）這真好笑——如果不是王伯母要結婚，我還等不到他跟我說這句話。（停頓）我真想把這句話，當成是他真的真心對「我」說的。

（沉默。兒子也端了一玻璃杯的水，由廚房上，看見父親已吃藥了，把水放在餐桌上。）

父親：（自言自語）年輕的時候啊，我有一個夢想——我想奉獻我的生命，我想改變世界，拯救人類！（停頓）我把這個夢想，告訴我爸爸。我爸爸說：「癡心妄想的廢物！你連自己都救不活！」（停頓）好奇怪，那麼偉大的夢想，可是只要一句話，它就死了……

女兒：他又開始了。他根本沒有看見我。

叔叔：（對林坤佐）幫個忙，把花瓶給我。

林坤佐：你想幹麼？

叔叔：我想揣摩一個父親的心情。（林坤佐遞花瓶）

父親：（對女人）妳可以幫我嗎？我剛剛搞砸了我的夢想。

女人：你的什麼？

父親：夢想。妳知道有什麼可以夢想的事嗎？

女人：嗯……房子好嗎？我們來夢想，當我們家被拆掉以後，我們搬到了一個全新的地方……

父親：是嗎？好極了，好極了……

女人：一個全新的地方，有美麗的花園，許多花都由你命名，就像天堂一樣……

父親：像天堂一樣……但是不要那麼孤單。所以我們要留在最底、最底層，讓那些認識的、不認識的，我們在乎的、不在乎的，通通都搬到我們頭上去。好極了！讓我頭頂著他們，這樣一切可以繼續墮落——三樓的貓、四樓的小孩、五樓的電視機。一個裝水的杯子。一個手捧鮮花的父親。一架電話機。一個大好的出殯天。讓一陣風把它們颳下來，掉在我的花園裡，讓我來替他們收集，我有的是時間。（停頓）撿起那些掉落的，說說閒話，吵吵架，出去，回來，開門，關門。然後，我們做什麼好呢？

兒子：（對女兒）妳笑什麼？

女兒：我已經滿二十九歲了喔。

兒子：那又怎樣？

女兒：就跟王伯伯他們自殺當時，你和王建豪的年紀一樣了喔。

兒子：（停頓）是嗎？

叔叔：（對兒子）她說什麼？

兒子：她說她的人生，不會再跟我們的相重複了。

叔叔：（停頓）是嗎？

父親：（看見林坤佐，招呼他）王文聲啊！（林坤佐不動）

叔叔：（對兒子）可是，我們的人生是什麼樣子的？

兒子：那不重要。

叔叔：不再重要了？

兒子：小事一樁。我們錯過了——我們沒有早點明白，生命其實像是一段被綁架、被關在密室裡的時間，我們都被獨自綑綁在一張椅子上，如果我們不出聲、乖乖地，不想辦法掙脫，我們大概還能安然活上一段時間。

叔叔：如果我們試著掙脫？

兒子：那我們是在冒生命危險。可是值得這麼做。

父親：王文聲啊！（林坤佐不動）

林坤佐：為什麼？

兒子：為了能自由行動。再沒有比這更重要的事了。

叔叔：是這樣嗎？

兒子：我是這樣想的。但，我們已經錯過了，不再有力氣這樣做了。我們只能遠觀，看別的孩子，那些還在母親的身體裡沉睡的孩子，看他們獲得時間，重新學習步行。我們只能祝福他——在這個該死的世界裡，他能走得更遠一點。

林坤佐：（停頓）可是，你們不能只是這樣期待一個什麼都不懂的孩子啊！

兒子：（停頓，對林坤佐）你相信我剛剛講的話？（停頓，對叔叔）嘿！他相信我剛剛講的話！

叔叔：（看著花瓶，搖搖頭）來不及了。就是這樣，慢慢的，他和他就全都變成自己料想之外的樣子了。

林坤佐：誰跟誰？

（沉默。）

父親：王文聲啊！

女兒：（走近）林坤佐，爸在叫你！

（沉默。林坤佐走近父親，父親拉著他的手，仔細看他。）

父親：你受傷了。

林坤佐：沒事，快好了。

父親：會好的，會好的。（停頓）婚姻啊……婚姻啊……（突然又陷入沉思）

女兒：（對叔叔與兒子）可以幫我一個忙嗎？

叔叔：聽憑公主吩咐！

女兒：等你們「有空」的時候，幫我把那個衣櫥搬進我房裡。

父親：（對林坤佐）你來。靠近一點。（從口袋拿出「里長之印」，在林坤佐頭上蓋印）好了！如果他們都要識別證，才能證明你的存在，這就是你的識別、你的證明。（停頓）要永遠在心裡記得——你在了，你就在了。在這個世界上，沒有人可以否定這件事，包括你自己在內。（停頓）答應我，你會好好的。不論遇到什麼，你都會再回來，因為，我會在這裡等你。

（沉默。林坤佐突然哭了，他拐去打開衣櫥，拿出包抽取式面紙，大聲擤鼻涕。）

兒子：（對叔叔）印章怎麼跑到他那裡去了？

（叔叔摸身上，擺手，表示他也弄不明白。）

（拆房子的聲音，又開始在遠處響起。）

女人：拆房子的人又回來了。

父親：不要緊，（拍拍輪椅側袋的斧頭）看我的——我一定給他們點顏色瞧。

（沉默。）

父親：（對女兒）婚禮該進行了吧？你們去吧！有件事，掛在我心裡好多年了，等妳和王文聲回來，我一定去找你們討論。

女兒：什麼事？

父親：（從懷裡掏出日記本，小聲對女兒）我女兒說她想自殺。我真是不知道該怎麼辦才好。

（沉默。）

女兒：不要擔心，那件事已經過去了。

父親：是嗎？過去了嗎？

女兒：過去了。

父親：沒事了嗎？

女兒：沒事了。

父親：（停頓）那真是太好了。

（沉默。電話響起，片刻，女兒走去，接起。）

女兒：（講電話）喂……王伯母……對……好，我們正要出發。（停頓）沒有，他們不去，就我和林坤佐兩個……（停頓）好，好，我知道了。（掛掉電話，對眾人）王伯母說……（看眾人反應，停頓，自言自語）沒有人想知道。

（沉默。）

女兒：那，我們走了。（停頓）林坤佐，不要哭了！

女人：外面地滑，小心走。開車也要小心。吃東西也要多注意。（停頓）唉，我真是的……

女兒：別擔心，我沒問題的。

兒子：（對叔叔）一個孕婦，開著一輛車頭歪掉的小貨車，載著她那斷了腿的丈夫，趕赴一場婚禮。你見過比這個更離奇的場面嗎？

叔叔：（盯著花）我餓了。

父親：（對女兒）小心你們的孩子啊！

女兒：（停頓，以為父親記起她了）爸……

父親：尤其別讓他碰到農藥，他會死的。

（沉默。女兒低頭，捂著臉，忍住淚。林坤佐攙著他。兒子站起。）

兒子：走吧，走吧！（和女人一起送他們出門）小心腳步，慢慢走。

（女兒與林坤佐出門，兒子與女人在大門邊目送。）

（突然，女兒像是在門外滑了一跤。）

女人／兒子：（一起低下身）小心啊！

（父親聽見，一下從輪椅躍起，往門口靠近。叔叔見了，也站起，呆看父親。）

女人：還好，還好，沒事。

（父親沉沉慢慢倒退回輪椅上，坐下，呆看著窗外，一動不動。）
（兒子轉身回來，停下腳步，看抱著花瓶、呆站著的叔叔，看輪椅上的父親。）
（女人輕輕關上大門，走到窗戶邊。）

女人：天黑了。

（叔叔懷抱一瓶花，舉起手，響亮地拍了一下脖子。）
（拆房子的聲音突然又停了。停滯，一片寂靜。）
（幕緩緩落下。）
（全劇終。）

文學叢書 717

萬物生長

作　　者　童偉格
總 編 輯　初安民
責任編輯　陳健瑜
美術編輯　陳淑美
校　　對　吳美滿　陳健瑜　童偉格

發 行 人　張書銘
出　　版　INK 印刻文學生活雜誌出版股份有限公司
新北市中和區建一路249號8樓
電話：02-22281626
傳真：02-22281598
e-mail：ink.book@msa.hinet.net
網　　址　舒讀網www.inksudu.com.tw

法律顧問　巨鼎博達法律事務所
施竣中律師
總 代 理　成陽出版股份有限公司
電話：03-3589000（代表號）
傳真：03-3556521
郵政劃撥　19785090 印刻文學生活雜誌出版股份有限公司
印　　刷　海王印刷事業股份有限公司

港澳總經銷　泛華發行代理有限公司
地　　址　香港新界將軍澳工業邨駿昌街7號2樓
電　　話　852-2798-2220
傳　　真　852-2796-5471
網　　址　www.gccd.com.hk

出版日期　2023年 10月　初版
ISBN　978-986-387-673-1
定價　350元

國家圖書館出版品預行編目(CIP)資料

萬物生長／童偉格 著.
--初版. --新北市中和區：INK印刻文學，2023. 10
面；14.8 × 21公分. --（文學叢書；717）
ISBN　978-986-387-673-1 (平裝)

863.54　　112012296

舒讀網